隔路闻香

沈伟 著

文化艺术出版社
Culture and Art Publishing House

图书在版编目（CIP）数据

隔路闻香 / 沈伟著. — 北京：文化艺术出版社，
2016.12
ISBN 978-7-5039-6236-3
Ⅰ.①隔… Ⅱ.①沈… Ⅲ.①随笔－作品集－中国－
当代 Ⅳ.①I267.1

中国版本图书馆CIP数据核字（2016）第313789号

隔路闻香

著　　者	沈伟
责任编辑	程晓红
装帧设计	马夕雯
出版发行	文化艺术出版社
地　　址	北京市东城区东四八条52号　（100700）
网　　址	www.whyscbs.com
电子邮箱	whysbooks@263.net
电　　话	（010）84057666（总编室）　84057667（办公室） 　　　　　84057691—84057699（发行部）
传　　真	（010）84057660（总编室）　84057670（办公室） 　　　　　84057690（发行部）
经　　销	全国新华书店
印　　刷	国英印务有限公司
版　　次	2017年1月第1版
印　　次	2017年1月第1次印刷
开　　本	787毫米×1092毫米　1/32
印　　张	5.25
字　　数	103千字
书　　号	ISBN 978-7-5039-6236-3
定　　价	26.00元

版权所有，侵权必究。如有印装错误，随时调换。

唐代长沙窑瓷片

自序

2013年初秋，应武汉城市杂志《大武汉》之约，以"一斛珠"为题，开设了一个艺文随笔专栏。这题和栏目说辞都是主编费心拟定的，说我"主业教书，副业画画，顺手收点古玩。这儿纯粹些，说说和艺术生活有关的事"。

的确也很"纯粹"：即无计划，也无目标，只是每月挤出两段"闲暇"，或以手边玩物，或由阅读心得，或说一器，或议一事，且写，且读，且品，且思，均与自己的生活常态有关。但杂务之隙的走笔，每每交稿拖延，不免心生愧意，"开天窗"之事，也屡有发生。及至2015年秋后，竟不得闲暇续写，许多想写而未及写出的，也就成了遗憾。

然而回头翻看旧篇，逃离了一本正经的研究性写作，此种随笔，却颇有几分自由生发的快意，许多想说的话，也能落到实处，算是自我安慰了。尽管也试图解味古人的崇雅趣尚，但一经写作而思考，却常常因无知之汗颜而几欲搁笔。

今蒙诸友不弃，诸篇得以结集，文字一如其旧，未作任何改动，书名之《隔路闻香》，取自手边一片唐代长沙窑残瓷，拜求音尘遥想而已。书中所涉错讹之处，当求有教于我者。

是为序。

沈伟

2016年初冬于武昌昙华林

目　录

"玩物"的门道　　　　　　　　　／ 1
风雅不识香　　　　　　　　　　／ 6
齐白石"卖"虾　　　　　　　　　／ 12
说说官样与民窑　　　　　　　　／ 15
文房的诱惑　　　　　　　　　　／ 19
石路蜿蜒　　　　　　　　　　　／ 24
瘿木因缘——文房二题　　　　　／ 29
和书上不一样　　　　　　　　　／ 33
正月说茶　　　　　　　　　　　／ 37
看画的内行与外行　　　　　　　／ 41
艺术书籍二三例　　　　　　　　／ 45
门面话与私房话　　　　　　　　／ 49
包浆　　　　　　　　　　　　　／ 53
太湖石的路数　　　　　　　　　／ 57
夏月说扇　　　　　　　　　　　／ 62
道眼观常　　　　　　　　　　　／ 67
君子盛饮　　　　　　　　　　　／ 71

从"竹二代"说起　　　　　　　　／ 76
为什么玩收藏　　　　　　　　　／ 81
秋月说草虫　　　　　　　　　　／ 85
心境中的菖蒲　　　　　　　　　／ 90
作器的艺术　　　　　　　　　　／ 95
说茶、听茶、看茶、喝茶……　　／ 102
画家的传奇　　　　　　　　　　／ 106
建盏的故事汇　　　　　　　　　／ 110
读画观气　　　　　　　　　　　／ 116
读画的虚虚实实　　　　　　　　／ 120
"四般闲事"别解　　　　　　　　／ 125
苔藓的审美想象　　　　　　　　／ 129
雅与洁有关　　　　　　　　　　／ 134
隔路闻香　　　　　　　　　　　／ 138
陈曼生，一个知县，凭什么做出紫砂壶来　／ 142
门道万千的"高仿"　　　　　　　／ 147
古雅是种什么感觉　　　　　　　／ 151

"玩物"的门道

十五年前的炎夏，与斯图加特的Magdowski市长一行去敦煌，途中河西走廊的戈壁滩上碎石一望无际，停车小憩时，几个画家朋友乐得四处翻拣中意的石头，要发车了还不想罢手。老M一直远远地看着，实在憋不住了，问我他们这是在干吗？我说"玩石头"。说石头在中国人眼里门道很深，形态、质地、纹理、寓意……实用的话也能用来压书镇纸，总之很"艺术"的。老M边听边摇头，她始终没能理解。

之后我时常琢磨：中国人的艺术之眼，往往是由小见大的，没这份心眼，就缺了十分的悟性。

日前翻出一件唐代龙朔元年（661）的张世高墓志拓片，周绍良《唐代墓志汇编》收录过。拓片寻常而已，但其中"闲居养志"四字，却让人眼前一亮：十多年前搜罗进来时，怎就没注意到这几个字？

661年，对于帝国之初的大唐来讲还是一个进取心旺盛的年头：头一年大举出兵高丽，当年在中亚、西亚十六国设置都督府，出援波斯，等等。鲁迅曾说"唐人大有胡气"。"胡"者，北方、西方之游牧者,大多深目高鼻,对于唐人讲,是异域风,是外邦气,当然也有十分的浪漫,比如李白的"笑入胡姬酒肆中"。而"闲居养志"一语,如此的温和闲逸,却似乎并不搭调。联想历来士大夫的心思,韬光养晦吧。

唐代的事情毕竟远了一些,以时下回暖的文气揣摩,"养志"的调调,大概很容易让人想到明代后期扎堆出现的洪应明《菜根谭》、高濂《遵生八笺》、屠隆《考槃余事》、文震亨《长物志》什么的。

因为"养志"总要落地的,"闲居"是个壳子,"玩物"倒是其中的实货。

比较那个踌躇满志的661年,那时朝中诸王闲得迷上"斗鸡",王勃戏拟了一篇《檄周王鸡文》,谁料唐高宗见了,觉得挑拨了诸王关系,立马就把王勃逐出了他栖身的章怀太子府。但明朝万历之后,一般文人就没这份担心了,而且玩得不再似"斗鸡"那么的粗野,而是动起"闲居玩古"的心思,摆弄起眼前每天都能看得见摸得着的所有一切物件。

比如,文人案头的有些器物以前就有过,但不属于必备品,到此际,却成了必不可少,比如——笔筒(之前必备的是"诗筒")。晚明这一拨人品得很细,屠隆说:"笔筒湘竹为之,以紫檀、乌木棱口镶座为雅,余不入品。"文震亨书中说的更多,湘竹之外,又有紫檀、乌木、花梨与陶、瓷等等,而且一定要玩出"贵"、"雅"的格调。

彩荷堂案头

又比如大宗的物件——家具，尤其文房家具，讲究工料，推敲设计，做得越来越精致，精致到了极致，今天人叫它明式家具。

晚明范濂《云间据目抄》中说："细木家伙，如书桌、禅椅之类，余少年曾不一见。民间只用银杏金漆方桌。自莫廷韩与顾、宋两家公子，用细木数件，亦从吴门购之。隆、万以来，虽奴隶快甲之家，皆用细器，而徽之小木匠，争列肆于郡治中，即嫁妆杂器，俱属之矣。"

"细木"，就是后来常说的"硬木"，对应于南、北方历来惯用的榉木、榆木等等的"杂木"、"软木"。后文又说："纨绔豪奢，又以椐木不足贵，凡床橱几桌，皆用花梨、瘿木、乌木、相思木与黄杨木，极其贵巧，动费万钱，亦俗之一靡也。"

由此前的罕见，到风雅的挥霍，乃至追风者们"皆以紫檀花梨为尚"。"玩物"到了极点，也可谓越玩越奢侈，几乎物极而必反了。

《长物志》这部书近几年很热了，热到市场上，各大拍卖的文房器物专场图录中屡见引用。文震亨的曾爷爷，就是明代大画家文徵明，家风家底可想而知。书分室庐、花木、水石、禽鱼、书画、几榻、器具、位置、衣饰、舟车、蔬果、香茗十二类，但序言中说了：那些属于"寒不可衣、饥不可食之器"的"长物"，是"以寄我慷慨不平，非有真韵、真才与真情以胜之，其调弗同也"。

这下倒好,"玩物"不仅"养志",而且"明志"了。难怪连卜正民(Timothy Brook)那样的汉学家也羡慕,说让他选择一个生活时空的话,他一定会选在中国的明代。

话说回来,"玩物丧志",也是历来道学先生们教训别人最经常的一句话,似乎人若一醉心欣赏于事物,便会不务正业,便会不思进取,便会误入歧途。乾隆也担心过。读了《长物志》,精妙文雅的味道固然可人,但铺张开来,怕也是会让世风萎靡了的。犹豫再三地把它收进《四库全书》时,还特意加上一句按语:"虽复不端正者,亦奕奕有一种风气欤。"

中国人"玩物"的力量,果真强大。

事皆两面,慎取一端的为好。古风虽不再,但玩物,终究是一种探询的热情和耐心。

2013 年 8 月 14 日

风雅不识香

"香道"这些年开始热起来了。

初春的一天,宁夏圈内朋友突然来电话,说出了个"行炉",不知我有兴趣否?彩信发来一看,开门的宋瓷,一口便应了下来。

炉出北方窑口,或许宁夏灵武窑,高足杯式,高6cm,直径8cm,炉口径4.5cm,炉的外直壁上部和斜坡宽沿上薄刷白釉,点褐斑彩饰,炉膛内素胎,小喇叭座似的高足不施釉,底为饼足内凹。

朋友说它是"行炉",不知何典,想是便携的缘故吧?其实它有时也叫"闻香炉",确切地,应该叫高足杯式炉。

此式香炉,唐代就有了,宋代流行于北方民间。它使用的方法应该是很简便的,没有宫廷里或南方仕宦上流们的那般程序繁缛和讲究。2009年访学美国克利夫兰美术馆,见过一幅北宋赵光辅款的《番王礼佛图》,图中供养人群里有一位西域酋长,即貌似恭敬地双手握持这样的一个香炉。

可以想见它使用时的样子:炉中先行燃起香料。闻香时,

北宋《番王礼佛图》局部

左手握持炉足，右手虚掌作杯罩状，把香炉端到鼻子跟前，低头凑上去吸着闻。今天日本的寺僧们，常见有这样手托筒式香炉、低头品闻的模样。

在北宋宫廷和南方士大夫中，则是另一种玩法，称作"香篆"，宋人许多笔记和诗文中，也叫作"香印"，若陆游《夜坐》诗云："耿耿残灯夜未央，负墙闲对篆盘香。"

但那些香炉，必须是置放式的，比如宋画里常见的三足式，另配备炉铲、炉箸等小器具。用时在炉内先铺好制作考究的炉灰，再选用不同材质做成镂空图案的范模，范模图案大致上如同现在的迷宫图，或是篆文吉祥字符，都是回环旋绕不间断的单行线。范模压在炉灰上，留下凹陷的沟槽，再把细密的香粉填压于其中，从一头点燃了，就可以一直缓缓地默默烧至尽头，徐徐散出淡烟和香味，煞是文雅。

这种香炉还有"隔火熏香"的方法：火炭埋入炉灰、隔上石英垫片、屑状香料在垫片上烤炙。因为是隔火炭烤，所以只闻得香味，少见烟气，属于低调恬淡的一种。而熏炉则夸张一些，香烟或浓或淡，由熏盖上的镂孔中袅袅飘出，那种景象，想着就奇幻若仙。

盘点古代中国人的香事，从两千多年前的实用，到唐宋以后的风雅，原是物质和精神两用的沉淀，绝对琳琅满目的，可惜今人不识。检索十来年前出版的若干考古报告，似我手头这样的高足杯式香炉，仍还有不少被称之为"灯"的。确实，它

北宋高足杯式炉（个人收藏）

看上去太像一盏老电影里的小油灯了！

想来汗颜的是，人家报告有错，自己也未能免俗！

十多年前与学生讨论文人画，说起南宋赵希鹄《洞天清禄集》里一段"明窗净几，罗列布置，篆香居中，佳客玉立，相映时取古人妙迹以观：鸟篆蜗书，奇峰远水；摩挲钟鼎，亲见商周"的句子，却不由得想起"篆烟"来，香炉中一炷直立之香，与那道玉篆一般静静升腾的青烟。

待某日看懂，误人子弟了，心头一惊。

自己也是科班，但校内知识终究有限，借着玩古的点滴积累，后来才终于知道：在宋代和宋代之前，是没有像今天寺庙里常常看到的那种一根细柱似的所谓"线香"的。

更为感慨的是，要扫荡一种文化及其传统，数十年足矣。钱穆先生《国史大纲》谈及唐中期兵乱之后北方失序，曾是科举进士频出的郡县里，三十年过去，竟难觅几个断文识字的人。然而"后之视今，亦由今之视昔"，那些中国传统里曾经很具体的生活情状，无论寻常度日，还是精彩风雅，经过几番几度"破四旧"式的绝弃，在今天都迅速地叫人遗忘了。

所幸器具实物尚存，图籍记载犹在，关于它们的一切种种，就容易去琢磨和打探了。

2013 年 9 月 14 日

宋代川窑莲瓣香炉（个人收藏）

齐白石"卖"虾

今年春天的保利香港拍卖，齐白石93岁时画的一幅《墨虾图》拍出了87.6万元，画面一平尺多一点，三只虾而已；九月中旬的北京匡时拍卖，一幅一平尺大小、题有"90岁白石老人"的《墨虾图》拍出了67.8万元，画了两只半虾子。

一只虾三十来万，这恐怕是天底下最贵的"虾"了，但一点也不奇怪，白石老人的虾，大家一直都认。

想起1992年在西安美院时，老友陈斌画过一件《齐白石卖虾》的水墨人物画创作。画面上，白石老人戴着老花镜，一脸的厚道，一手提大秤，一手调秤星，秤盘里堆了几只大虾，背景处是用白石的笔意摹画的《墨虾图》挂轴，上面题着"白石画虾，十两一只。画虾一只，索价纹银十两"。

陈斌这样的创作，当时属于很新潮的观念艺术，叫波普艺术，美国人叫"POP"，是一种大众艺术手法，换言之，用公众熟知的经验和信息，调侃当代的大人物、大事件。而陈斌画这幅画的时候，国内还没有什么拍卖机构，书画市场上齐白石的作品大概也不过几万元而已，远远换不来一辆桑塔纳轿车。

陈斌作品上的题句，来自齐白石的"润格"，或叫"润例"，也就是过去画家们为市场流通的方便和规范而公示的作品价格表。每个画家，都会有一份润格，并且过段时间就会调价，价格或是请有名望的大腕拟定，或者画家自定。按罗家伦先生的回忆：齐白石的润格，就贴在北京跨车胡同他自家套院里的屏门上，一进大门就能看见的，客厅的墙上，也同样地贴了一份。

白石老人是靠卖画为生的，20世纪20年代初定居北京，就是因为这里卖画的环境好。客厅里，他贴过一张告示很有个性，说"卖画不论交情，君子有耻，请照润格出钱"。而润格里，则细说"花卉加虫鸟，每一只加10元，藤萝加蜜蜂，每只加20元。减价者，亏人利己，余不乐见"等等，卖得明码实价，一点也不含糊。这情形就像陈斌的画上，白石老人一脸认真地称斤论两，没得价格好讲的。

至于齐白石画的虾，当过他学生的李苦禅说："白石翁画虾，乃河虾与对虾二者惬意的'合象'。"这真属北人之见！熟知两湖地区淡水虾的人看得出来，湘潭白石老人画的，就是湖虾，只是在个头上夸张得更见姿态。

白石的虾，早先画得其实并不怎么好，画谱的痕迹较重，形体不舒展，墨气也显得浊。但正如老人自己所说"吾画虾几十年始得其神"，执着加天分，近晚年终于画出水中游虾的通透明快、活脱自如。

历来求画者慕名附庸，未必是真懂艺术的，所谓"信耳不信眼"者，大有人在，有些画家的独门绝活被传开了，就会带来"箭垛"效应。而就画家的"润格"一事来说，未必也是真的懂市场，只是那年头大家都彼此懂规矩，认真做好自己分内的事而已。

但也有画家心眼多的，比如郑板桥，拿自己跟石涛比，说"石涛善画，盖有万种，兰竹其余事也。板桥专画兰竹，五十余年不画他物"；又说"石涛画法千变万化"，别人记不住；又说石涛的别号太多，自己搅了自己的局。总之他板桥就始终只用一个画法、一个名号而已！这就是市场品牌与标识的真谛。于是，天下就一个板桥，板桥又只是画竹，效果就最终达到了：提起画竹，今日中国家喻户晓的就是郑板桥。

老百姓们像这样来知道的画家，在现代还有徐悲鸿——画"马"，黄胄——画"驴"，等等，至于他们还画过什么，我想没几个人说得上来。这成了谈论画家的定式，而这一"跑偏"了的习惯定式却往往会被人钻空子，比如，时常会冒出什么"牡丹王"、"猫王"，以及"赵美人"、"张指头"之类的名家。不过说到底，如此应酬百姓的那几板斧头，也真就只是四处卖画的一个噱头罢了。

遗憾的是，公众的认知习惯一旦形成了，要想改变它是很难也很累的。白石老人"卖"虾有时也落得很被动，在78岁时画的一幅《墨虾图》上，他题过这样的一句话："予年七十八矣，人谓只能画虾，冤哉！"

2013年9月30日

说说官样与民窑

国庆长假期间随朋友去了一趟景德镇的真如堂,一家颇有口碑的工作坊。

2003年起,像这样的经历已有很多次了,这次行前,照例准备了一些画瓷的稿样和画笔,踌躇满志地想要弄出几件有意思的文房器物。总以为就自己对瓷画的把握,官窑不敢攀比,但弄出一些民窑精品不至于太难。然而经验总是那么的相似:一旦落笔,心中就不再乐观,感慨自己学艺不精之外,倒生出许多对于古时匠人的敬佩来。

以这十年间所见,艺术家赴景德镇画瓷者真是多如过江之鲫。不伦不类的瓷上水墨,故弄玄虚的现代抽象,高深莫测的文人简笔,加上低成本高产量的大路瓷作,留下"瓷都"景德镇触目可见的名家之作,以及满条仿古街的粗制滥造。

设若此类"民窑"作风充斥,"中国"还是CHINA吗?

画瓷期间,"香港苏富比四十周年晚间拍卖"开场,10月8日,一件画工精湛、釉面细腻如脂的明成化青花缠枝秋葵纹宫碗以1.4亿港元成交,相比目前整体艺术品市场的平淡,这是天价，然而也在于它是一件成窑精品！

而我却由此想到了明清景德镇的御窑或官样制瓷。

比如在成化之前，《明英宗实录》"正统三年"（1438）有："命都察院出榜，禁江西瓷器场烧造官样青花白地瓷器于各处货卖及馈送官员之家，违者正犯处死，全家谪口外。"

其所谓"官样"，在明代是指皇家用瓷的式样蓝本，以供御窑场依样制造。而御窑瓷器的烧造，不仅解决日用所需，同时也用作宫廷庙堂的礼制和礼仪。因此，这些瓷器几乎没有成本之虞，而是倾注国家力量，标榜其规模和质量。说它封建也好，说它专制也罢，但总之，御窑生产集中体现出了中国制瓷艺术的精品意识并留下历朝的典范。即使其中批量化的"大运瓷器"，也远非坊间之作可比，苏富比这次成交的"宫碗"，正属此一类。

对这方面的理解，一向最为人注目的宋代汝窑单色瓷器也是一例。

今天人们所认知的汝窑，是陈列在世界各大博物馆中不足百件之数的汝窑瓷器，全球私人所藏仅数人而已。然而，根据20世纪七八十年代首先发现并确认汝窑窑址的叶喆民先生的考察："该窑供御的精品，不过是四十年左右的鼎盛春秋，而数百年间富有民间气息的各种'粗器'才是它的主流。"其鼎盛，"大体在宋元祐元年至宣和末年（1086－1125）即哲宗、徽宗时期"。

叶喆民先生所论，是基于汝窑窑址残片的整理状况。那些分类之后的瓷片，绝大多数与北方各窑场富于"民间气息"的普通青、白、褐色釉瓷并无二致，真正典型的汝窑天青釉，他当时（1977年）只寻得了一片。

显然，正如民谚所云"纵有家财万贯，不及汝瓷一片"，而这"汝瓷一片"，则并非今日汝窑址所遗的各色普通瓷片，而是北宋之末汝窑供御之瓷的残片。

宋时，陆游《老学庵笔记》说"故都时定器不入禁中，惟用汝器"；叶寘《坦斋笔衡》说"本朝以定州磁器有芒不堪用，遂令汝州造青窑器，故河北唐、邓、耀州悉有之，汝窑为魁"。

文中这一"令"字颇值得玩味，道出皇家趣味对于官手工业的推动。联系同时代处州（今浙江丽水）所产青瓷的情况，宋庄季裕《鸡肋编》的"宣和中，禁廷制样须索，益加工巧"，同样说明了宋徽宗时期由内府下颁瓷样，命窑匠依样制造，最终更上一层之事。当然，这说的又该是龙泉窑了。

回到汝窑来看，值得关注的地方在于，若没有那哲宗、徽宗时期的"官样"参与而导向的巅峰，汝窑瓷器也就不是今天这份荣耀的光景了。

本来，中国手工艺制造的优良传统，正如先秦时期《考工记》所说："天有时，地有气，材有美，工有巧，合此四者，然后可以为良。"

然而近代以来，中国传统艺术文化自我毁弃，经各种混淆视听之论的误导，艺术为大众的西方现代思想成为时髦。明显的一个方面,就是在对宫廷艺术保守、僵化、繁缛以及文人艺术形式主义的一致批判之后,转而对于民间粗放、率意、生动一面的高度激赏,却未曾料想此后集体审美水准的滑坡。

不妨可以说,全球化倒也促成了国人的眼界大开,对于中国艺术品价值的综合考量,抛却市场与货币的因素,拍卖的新闻也正当其时。

2013年10月14日

文房的诱惑

去年曾在第16期《大武汉》上讲述过从苏州到南京追购一件明代铜质鎏金麒麟水注的事情,那是因为认定它是一件难得一遇的文房精品,必得收于囊中而心安。今天看来,这也可以算作是发生在笔者自己身上的一段文房情结了。

近几年国内的各大拍卖,凡有"文房"专场,必定爆棚,也必定高潮迭出,也必定促动古董商们闻风而四出扫货。这一现象,不妨可以看作是社会范围对于传统知识与生活情趣的再次认知,因为在十多年前,那些文房物品,均是作为书画、陶瓷之余的"古玩杂项"来对待的。

自从现代语汇明确应用了"书房"一词后,"文房"的概念就留给了古代的语境。而现在看来,文房一词,又几乎成了古代文人所留下的"清玩"意义上的文房器具的省称,与书房的意象反而关系不大了。

文房的含义屡经演变,如今不必都是指书斋、书房。说早一些,唐诗中,刘禹锡诗云:"仙院文房隔旧宫,当时盛事尽成空。"元稹诗云:"文房长遣闭,经肆未曾铺。"在前者,"文房"

还是指南北朝以来设置的掌管文书的官衙，在后者，则是私人书房的意思了，到了宋代，则专指书房。

宋代"兴文教，抑武事"（司马光语），文艺风气迅速浓厚，书房，不仅是读书与讨论学问的空间，也是读书人伸展情趣的领地，至于日常触及的文具用品，也用心讲究至极。最为通俗的，就是笔、墨、纸、砚"四宝"，以及派生出的一系列辅助品。翰林学士苏易简率先编撰《文房四谱》一书，汇辑了四宝的使用、欣赏、吟咏之大成，使得文人把玩文具之风愈演愈烈。

北宋大书法家米芾嗜古玩物成癖，是当时出了名的，其行为也很有些神神叨叨，据说在帝王面前也不掩饰。例如，宋人何薳《春渚纪闻》记载说："一日，上（宋徽宗）与蔡京论书，复召芾至，令书一大屏，顾左右宣取笔砚，而上指御案间端砚使就用之。芾书成，即捧砚跪请曰：'此砚经赐臣芾濡染，不堪复以进御，取进止。'上大笑，因以赐之。芾蹈舞以谢，即抱负趋出，余墨沾渍袍袖而喜见颜色。"

宋徽宗本来是召米芾过来写一铺屏风书法的，却不曾想被他盯上了案头那块御用的端砚，虽然无从确知那砚式之细节，但文艺皇帝宋徽宗所用，也一定是材美工巧，精妙绝伦的。因此米芾这个活宝才顾不得"大不敬"之虞，硬是说服皇上赐给了他，欢天喜地而归。

米芾算不上一个儒家学问意义上的读书人，而只是一个艺术家，或许也正因为如此，对于笔墨纸砚等文房用具的欣赏和

明鎏金麒麟水注

考究，他更具有艺术的眼光和深情。

在米芾之后的时代里，文房用具继续衍生，从与日常必需的笔、墨、纸、砚相伴的辅助器具，推广到了琴事、香事、茶事、花事用品，乃至众多超越实用而纯为文房空间内案头上观赏把玩的陈设品。

明代高濂在1591年成书的《遵生八笺》之"燕闲清赏笺"中说："文房器具，非玩物等也，古人云：笔墨精良，人生一乐。"

何为"乐"呢？的确，必须承认读书做学问原本就是一件很苦很累的事情，鲁迅说："有病不求药，无聊才读书。"说"书中自有黄金屋，书中自有颜如玉"什么的，不过是读书人追求功名倦怠烦闷时落于俗套的神游一下而已，至于所谓的"梅花香自苦寒来"，在更多情况下，那也是读书人说给自己听的。于是，科考苦读之时，需要放松身心，需要转移情绪；而功名成就之后，则需要标榜品味，需要炫耀财力，需要转而敛集珍奇。

如明末屠隆《考槃余事》在文房器具方面列出的清玩之物，竟然达到了四十五种之多。如：与"笔"相辅的，有笔格、笔屏、笔筒、笔船、笔洗等；与"墨"有关的，有墨匣、墨床；与"纸"有关的，有镇纸、压尺、秘阁、贝光、裁刀、糊斗等；与"砚"有关的，有水注、水丞、砚匣。其他的，还尚有诗筒、印章、书灯、砚山、如意、花尊、韵牌等等。这些器玩的制作，涉及金铜玉瓷竹木牙角等几乎所有的材质，且讲究设计，追求工艺，比如为了便于外出旅行时收纳小件器物，又有名为

"途利"的小文具匣,且倡议"以紫檀为之"。

文人的心思一旦放开真是不得了,从读书之余的闲情逸致,发展到若无用心的养眼养心,乃至于滑向号称"雅玩"而自命不俗不凡的奢华之色。

2013 年 11 月 15 日

石路蜿蜒

徐东古玩城又在开"奇石展"了。出门淘货时遇见陈勇劲，恰好也是约了朋友要去，遂并作一路前往。

这一次展销场面，比此前几次的规模都要大，就连市场外的停车位和人行道上都排满了摊位，五湖四海说得上来的品种大都云集而至。远远地望去，大个头的园林石不再抢眼，但用于家居陈设和手头把玩的石种却更加丰富，"需求决定市场"，可见这些年人们玩石头的风气也渐次"上道"了。

陈勇劲的水彩画我一直很看好，去年他画的《石》系列也很让我动心。那是一批很写实的画面，都是一案一石的构图，淡泊宁静，简洁顺畅，石的形态不奇也不怪，但灵气充盈，品味醇正，传递出一种时下十分难得的健康的美感。

《芥子园画传》中指点画家画石之法，说"观人者必曰气骨。石乃天地之骨也，而气亦寓焉，故谓之曰'云根'。无气之石则为顽石"，以及如何如何。这一画法金针，其实就是一个字——"活"。但与讲给画画人的书不同，专讲赏石的书，如宋代杜绾《云林石谱》说："天地至精之气，结而为石，负土而出，状为奇怪。"乃至"大可列于园馆，小或置于几案。如观嵩少而面龟蒙，坐生清思"。

"奇怪"二字，确定了石头在将来一定会有各式各样的玩法，而"坐生清思"则表明"石亦非石"，它一定是要有什么讲究的。因此与传统艺术价值理想中的追求"中庸"和"温柔敦厚"不同，赏石的角度，求"雅"也求"奇"，以"活"眼看石，八面玲珑。而达成石头因缘的过程，也很能考验一个人追求完美的耐心。

玩法的不同，决定于知识经验的不同。古人玩的石头称"赏石"，也称"供石"，有理论有标准，讲品味；今人的重点，却好"奇石"一口，石头是一个引子，更愿意听一些故事：形状像什么？纹理是什么？来路如何稀罕？乃至眼盯着射灯照射着的那块石头，心生出许多无聊浅浮的想象。总之因"奇"而贵之，惹得我之前总替人操心"不入雅鉴"。此刻在市场上边转边想着，却反省自己不该如此简单视之。

今人赏石和古人大不相同：心态不同，观念不同，说到俗处，市价也不同了。比如古人玩石头再贵也够不上伤筋动骨，而今天的一方"奇石"，却冷不丁地就会让人倾家荡产。或者再想想，"中华奇石"早已越出前人"博雅好古"的层面，而成为一种投世人所好的"时玩"。奇石产业的勃兴，带动新的石种因挖地探河而层出不穷，"瘦、漏、透、皱"已算不上金科玉律了，只要找到某个相应的说法，卖石者就能扯石头的淡，并时

陈勇劲《石-1》 75cm×55cm 2012

时打动城市蜗居者们渴望自然或自我告慰的对望诉求而"坐生清思"。因此说来说去，玩石的风气，总归也属于民族审美习惯深处的一种涵养。

涵养这东西讨论起来很虚，但故事里面却说得活灵活现，最有名的故事，应该是"米芾拜石"，而且这个故事不止发生在一时一地，其中最经典的，是当时人叶梦得在《石林燕语》里说他"知无为军，初入州廨，见立石颇奇，喜曰：'此足以当吾拜'，遂命左右取袍笏拜之，每呼曰'石丈'。言事者闻而论之，朝廷亦传以为笑"。

米芾玩石还留下了一个活档案——那篇著名的为案头文玩赏石所作的《研山铭》书法墨迹。但米芾那种在近似疯癫的"拜石"行为中折射的趣闻逸事，为后人不断地传颂着，总有它几分值得揣摩的道理：是文人格物致知的深情？是艺术家触类旁通的洞悉？是名士故作姿态的招摇？或是底层官僚掩饰枯燥的荒诞？

海外收藏中国艺术品的重要博物馆如大都会、波士顿、堪萨斯等，均陈列有中国古代经典赏石，确切地讲，是古代文人赏石，且大都流传有绪，这是缘于海外汉学研究者对于中国文化这一具体载体的敏感。相形之下，国宝太多的缘故，国内博物馆几乎都没有顾得上跟进赏石的一项，许许多多的故事，难免就渐渐地被人淡忘了。

话说回来，这一天大家都各有所获，陈勇劲找到两块小小的灵壁状的风铃石,我也带回一块貌似英石的柳州石,相视一笑,权作画面的素材吧。有所感慨的是:石路蜿蜒,石品难在,市场上的充耳所闻,是卖石者们天花乱坠般讲述的关于各色石头巨价"售卖"的天方夜谭。

2013 年 11 月 30 日于宜兴客次

瘿木因缘
——文房二题

友人王传斌前年有一次去扬州赶地摊，在一家店子里碰到了一件方形笔筒，价格自然不菲，当时思量一番后，还是放弃了。但次日人已经在南京了，总觉得不爽，又赶长途车折回扬州，拿下了那件笔筒。

他回到武汉后没几天，几个玩友聚到他的木器工作室看他远行的收获。见到那笔筒，我赞说这东西"奇好"，来回的一番折腾也真值。王传斌也很感慨，能让他念念不忘的离开了又转头回去，一定就是一件很好的东西了。不知哪头因缘触动，他说：你既然这么喜欢，就让给你吧。

真有这么好的事儿？既然义气，我就不客气了，"物常聚于所好"嘛！

笔筒为四方形，比例合度，通高12.8cm，上边8.8cm，下部收为8.2cm。外观包浆醇厚凝重，四方加底板以不露痕迹的"闷榫"结构卯接而成，故其形制简洁、光素古雅，只沿周边起阴线，底四足。材质也好：楠木瘿子。年份嘛，大约可以进明代了。

文房用具首先讲质地，其次看形制，比如文震亨说"文具，以豆瓣楠、瘿木及赤水椤为雅，他如紫檀、花梨等木，皆俗"。也就如这件笔筒的简洁而不单调，正是缘于瘿木的纹理独具，色、斑内含而不炫目。

瘿木，并不是某个具体的树种，而是老树盘根错节、结病瘤生瘿处之木材，其细密的旋涡状花斑，迥异于一般木纹的水波线，故明代以来也俗称为"瘿子"。大凡树木都会结瘿生纹的，只是其中楠木居多，其瘿子纹最妙者，就是《格古要论》所谓的"满面葡萄"也。

瘿木的斑纹，涵有视觉感性上的莫名其妙，入良匠慧眼，无须刻意造奇，便可成一雅器。这也让人顿然领悟：天工哪能"夺"得出来，不过一"巧借"而已。

有不少人撰文解释文人们钟情于瘿木、枯槎等材质，且应用于文房把玩，全然是缘于老庄之学的影响，比如庄子寓言中，隐士、大德、说客们，均在外貌形骸上存在着丑陋的缺陷，但他们内在的高尚品德，又让王公或百家们心悦神服。后来由此"比德"，又可以衍生到人们对于器物的主观投射，那些磕磕巴巴而让人极不顺畅的东西，立刻就能引发一番隐喻，想到什么厄境、压抑、苦痛、励志等等。

王传斌也常开玩笑说我之所以喜欢瘿木，就是文人欣赏病态之美的通病。前不久他还发来一个短信，说马未都最近又发表了意见，说他把审美渐次分了四层：艳俗、含蓄、矫情、病

明代楠木瘿材方形笔筒

态。明式家具呢，介于其二、三层之间，最高级是病态的，比如喜欢瘿木，嘿嘿！又把我不知是挖苦还是高抬了一下。

我说这其实不然。

国人历来"好道"，凡事凡物都喜欢作形而上的"载道"之论。其实其中的许多，并不是事物的本然，而大多是由于自己想得很多很多，且往郁闷之中想去，越想越不能自拔，真可谓"感时花溅泪，恨别鸟惊心"。而马未都之论，我想他或许也是受了西方人的影响，如什么"高贵的艺术一定是带着忧郁"等等。

说来说去，文房就是文房，真若那么苦涩了，还玩它干吗？而正统弦音之外，求奇、求巧，甚至求怪诞，均在情理之中，只是趣味方向的不断摆动罢了。其中道理并不深刻，把中规中矩的匀称之形见得多了,就会转而欣赏天然残缺遗憾之美;或者,把大自然中极难得的纯净之质,如所谓"白璧无瑕"者疲惫了,也会去重新发现褶皱突兀的惊奇之处。

从这个角度上看,龚自珍的那篇《病梅馆记》,大抵也是出于"文以载道"之隐喻的苦心,而未必就是反艺术之雕琢,更不至于颠覆"虽由人事,宛若天成"的道理。

瘿木材性的认知,并非中国人所专有独有。其材质的油性、致密而少变形之虞外,其旋转的花纹,动感的色泽,透过其表层显示出了华美而令人愉悦的特质。如古代日本常以瘿木制为日用时尚,也颇为晚明人舶来所用,至今奈良正仓院所藏也不在少数。在西方,巴罗克艺术,尤其是洛可可艺术以来,瘿木也常常用于华丽风格的家具面料的贴饰,比如桌面、屉面、钢琴面等等。乃至现今的豪车内饰中,瘿木纹也是最为常见的。

王传斌之后北上南下的寻访中,再也没有碰到过这般品相的笔筒了,之前没有,将来恐怕也更难,平日聊天时,他偶尔也会念叨一下。看来,这东西哪天还是让他原价收回的为好!

2013 年 12 月 31 日

和书上不一样

这个话题和收藏有关。

常听到某某人说最近收到了一件东西,和某本某本"书上的一样",意思是说:得到了一件和某某书上的典型器物堪可比美的藏品。但经验中,凡说这话的,往往是一路刚开始花钱买东西的新人,但也有一路,倒是玩了很长时间,也花了不少钱,但却沉醉在自我成就想象中的"老手"。

按图索骥,是古玩收藏的一大忌讳,造假者也往往盯准玩家的这个软肋,弄出一些"和书上一样"的东西设局,让玩家得意地认为自己的缘分天赐,遇到了一件不容错过的绝品,且有书比对,大可与人炫耀。真所谓"尽信书,则不如无书"了。

这说的是书上本来没错,但世间的一叶障目者太多。还有一种情况,是书上原就有错,却一时让人领会不出来。

就说2005年的第四辑《经典》刊出过"小孤山馆藏器选刊",非常不错的一组文房收藏案例,至今亦常常翻出来养眼。藏主曾小俊,也是一个很有眼光的玩家,配合这批藏品写有详细的文字,历数其中器物的由来。其中说到"笔架山"一

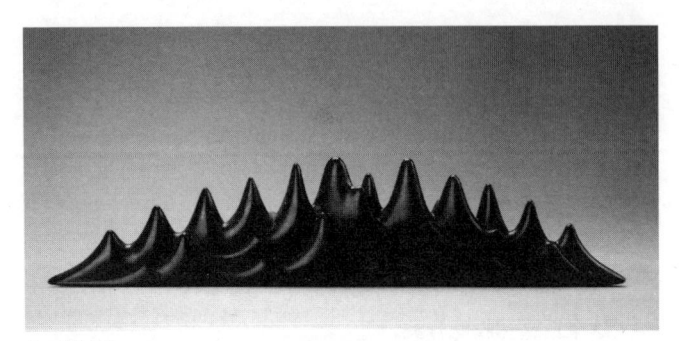

宋石雕笔架山

宋石雕笔架山

项，赫然刊有精彩一图，从图片上看，其峰峦圆润，形肖自然，取材精良，诚为一件上品，让人垂涎。图注文字，为"宋代石质二十峰笔架山，5cm×26cm×3cm"。文中漫谈了历代笔架山沿革，列举有1981年浙江诸暨的南宋董康嗣墓中出土的一件"石雕二十峰笔架山，高5厘米，长26厘米，底宽3厘

— 34 —

米"，现藏诸暨博物馆，应当是与那图片相对应的。

当时初看时并无疑问，只是觉得那个笔架的山形峰峦怎么也数不出有二十个，总不至于把那些凸凹起伏的脉络也算作是"峰"吧。百思不得其解，许是图注的错误吧，此后也不再多想了。

前几日，藏家朋友"木匠"突然深夜来电话，情绪很高，说是要探讨一下《经典》登过的那件石质笔架，曾小俊的，问我记得不？我说印象一直很深的。他说：那不是一个石头的，是木头的！

近来翻阅文房方面的资料，那本书还真就在案头，拿过来摊开，摘了眼镜的老花不浅的眼睛细细一看，果然，图片高光处显示的细小纹理，真是紫檀的牛毛状"棕眼"。

他又说，台北故宫的《文艺绍兴：南宋艺术与文化》的"器物卷"一书里的图片，才是《经典》文章里说的那个笔架山呢。

书架上也适有《文艺绍兴》一书，前几年台北南宋文物特展的图录，翻到219页，是董康嗣墓中出土的山形笔架。黑色的石材，雕成简约状的山峦，连峰起伏，错落排列，只不过，不是曾小俊文中所称的二十峰，而是三十二峰。显然，他只数了正面能看到的，而遗漏了背面的。

总之，《经典》中那幅赫然精彩的一图，应该是曾小俊自藏的"清代紫檀笔山"。

终于解开了一个疙瘩。

山形笔架，又称笔架山、笔山、笔搁、笔格，是书写时搁置毛笔的辅助文具，从实用性的角度，一般多做成数个山峰一字排列的形状。但是，文房的设计，不会仅仅只是出于实用的考虑，山形的笔架，其实保留了秦汉以来方术之学中的海外仙山的余韵。可以想象，案头笔山横陈，那云烟出没的意象，有助文思，能启画兴，即古人所谓"长对坐而衔烟，永临窗而储笔"（《笔格赋》），一个小小的文具，竟能伴那些文士们一番幽邈的玄想了。

然而做个事后诸葛再来想，之前的那些问题并不艰深。除了峰头的数量外，首先，那图片上就不是石质的感觉；其次，直觉的高长比例也明显不对，一件是3∶1的，一件是5∶1的；另外，既然文章中明说了是出土文物，原就不是私人的藏品，也就不可能在藏品专辑中给出一幅图片来。之所以没去细想，原因恐怕是：太相信曾小俊的口碑了，也太相信《经典》了。

书上显然是个错，但肯定也不是故意的，文字排印的疏忽而已。但是，多少人与我等一样，或者永远也解不开这个结，或者根本就没存在过这个结。

古物的赏鉴，需要日常功课的积累，甚至可以说，功课做到哪一层，眼光才能看到哪一层。

至于那些捧着赝品念叨着"和书上的一样"，则是另外的一种"相信"了，大率不过是蒙昧自欺而已。

2014年1月15日

正月说茶

大年初七,央视九套又重播了六集纪录片《茶,一片树叶的故事》,先前那句"穿越七个国家,历经三年倾情打造"的预告是很吸引人的,不想看了还是让人失望。先后问过几个喝茶的朋友,大约也是同感:天女散花一般的,不知它到底想要讲什么。

题目大了,当然就不好拍了。"探寻世界茶文化",那零零碎碎的画面固然可以剪切得颇有看头,可故事,也就无从说起了。

人群不同,背景不同,想听的故事也就不同。尽管喝茶是一件很个体的事情,但也总归是有个谱的,比如片中着力讲述的那些"好茶",显然就不是一般的大众之品。虽然老话说开门七件事:柴米油盐酱醋茶,可对一般百姓来说,此茶非彼茶也,更别说喝那些茶的况味和显摆的情调了。至于片中大量和"茶"字沾边的故事,大多不过是没有界定的饮料故事,花絮而已。

不能不说,茶这东西,原本就是可高可低的。至于其广义狭义,那是另一件事。茶的主体,过去武汉人叫得很有意思——"茶叶茶"。

想起2001年，朋友带我去过岳飞街一个旧宅改造的茶舍。几套老式的桌椅，还备有古琴一案，置于小天井里的是雅席，花木鱼池环衬，在那几年很有情调了。而过段时间再去时，却大门紧闭了。听说更早些时候，有人在三阳路一带也开过类似的一家，也是没半年就倒闭了。

当时探问过为什么？原因说法很多，其中一个很重要：花钱喝茶的习惯，在大众层面上早就被"革"掉了。

元宵节前的一天，适逢在武汉美术馆附一层的荣宝斋画廊聚集"慢生活"道友会，席间，何祚欢老先生上去讲了一段老武汉茶馆的故事：茶馆里，八分钱一杯的茶，就有那种人一直续水，一直喝到杯中清若白水——被戏称"嘹亮"了——还赖着不走，颇考验茶台掌柜应对场面的智慧。绘声绘色的口传史，让人听来忍俊不禁。不过，那终究是老旧的记忆了。

何老说的这种茶馆，我自己无意间撞上了难得的尾声。那是20世纪80年代中期，汉口解放公园里的猴山旁，园林式的茶馆，叫什么名字，忘了。那时，或春或秋的阳光天气里，带上一本小书，泡上一杯绿茶，搬出一把藤椅，在茶馆正对的湖边柳树下坐上一个下午。记得我当时喝的是两毛钱一杯的；也有好茶，贵一些，没喝过；便宜茶也有，一毛多吧，也没喝过；续水仍是传统的免费。不过我没有出现过何老说的那种"嘹亮"的窘事。

今天的茶事，算是一种传统生活的复兴。从90年代悄然而至的铁观音，到普洱的突兀而兴，到正山小种、武夷岩茶、凤凰单丛，你方唱罢我登场，及至这几年的白茶。总之，喝茶人的嘴里，不再有早年的"香片"、"花茶"什么的了。至于喝法呢，大家一边倒腾着"非遗"，一边跟着风头走，而噱头却总是占着上风。这时，味蕾似乎并不被人关心，眼球倒成了关键：瓷器，陶器；日式，台式；湿泡，干泡，插花，熏香；环境，空间……如此一来，茶艺师就成了阳光行业。

至于我个人的喜好，茶在喝的本身之外，环境理应是要讲究的，只是不要太过分，所以不太喜欢前些年流行的那种工夫茶，又是茶杯又是闻香杯，加之二十来道冲泡的程序——"关公巡城"、"韩信点兵"什么的，总觉得附会太多，有点"闹眼子"了。

说到此，很欣赏16世纪时日本大茶人千利休的主张，他说"茶道之本，不过是烧水点茶"，在权贵们极力做加法的时候，他不动声色地做着减法："夏天要使茶室凉爽；冬天要使茶室暖和；炭要放得利于烧水；茶要点得令人可口，这就是茶道的秘诀。"

茶道中的那些禅意自不待说，但也确实有许多值得我们反思的东西；它也很程序化，但那些程序，都是奔着"茶味"本身去的。所以平日说到茶的时候，我也常给朋友们推荐一本书，冈仓天心1906年写于美国的那本《茶之书》。倒不是因为他把茶说得如何圆满,而是他把中、日茶法的文化故事说给了西方人听。如"一碗见人情"一章中,他有一段名言:"茶道是一种对'残缺'的崇拜,是在我们都明白不可能完美的生命中,为了成就某种可能的完美,所进行的温柔试探。"这段话,连同标题,而今也都被《一片树叶的故事》挪用了。

这种传播非常有趣。据说,星巴克(Starbucks)的茶馆去年已在纽约登场了,叫Teavana,并计划10年内在北美扩展到1000间,不是卖咖啡杯里的袋泡茶,而是有茶叶和茶具的冲泡茶。好看了,在全球混搭风下,这又是一景。

2012年2月15日

看画的内行与外行

新年伊始,是各种画展举办得比较集中的时段,其间也常常被人问到:这画该怎么看(欣赏)?

这话有时让人很难一口气回答。若是粉丝级的朋友,可以直切主题,可以交流切磋,甚至也可以反问一下,算是彼此间交换一种意见。而碰到自称是"外行"的朋友,他们往往问的就是看画的"门道",于是就不好讲了。因为这"门道",原本就是无法速成的,更何况是今天职业分化的结果,大家平日各忙各的行当,若讨论那些直接和画有关的内容,一定是会让"旁人"一时难以进入"语境"的。

但问题终究是要去解决的,慢慢来吧!那么内行之间,甚至本行之间又如何呢?

有个故事就很有趣,说的是唐代初期阎立本和南朝梁武帝时期张僧繇之间的事,他们相隔了大约一百年。说是阎立本曾经来南方,听说在荆州某处有前代大师张僧繇的壁画,跑去看了后,扔下一句"定虚得其名"就回旅馆了。次日寻思着,又去看了,勉强说了一句"犹是近代名手"。改日有所悟,再三的看了，终于感慨地说道"名下定无虚士"，于是在壁画前"坐卧观之"，留宿了好多天，方才离开。

张僧繇，是成语典故里"画龙点睛"的主角儿；阎立本，是唐王李世民的御前第一画师，官职后来做到了副总理级别，举世闻名的"昭陵六骏"，相传就是他的底稿。二人都是划时代的大师。

这故事记载在了唐、宋人的许多部笔记史料里，而类似的故事，在书法里面也有，比如唐代大师欧阳询偶然见到了西晋时期索靖的书法碑刻，也是一时未解其妙的。俗话说的"外行看热闹，内行看门道"，看来也是不尽其然的。

总之，我常常和朋友们说：看画这事，本质上和观众的职业无关，一幅画、一件艺术品，毕竟不是创作出来只是给画家、艺术家自己看的，而是要赢得社会人群的口碑，因此每个人观看绘画艺术品的直觉感受，都是首先可以自我尊重的。事实上，能够传之久远的绘画作品，一定是一件画家和观众都能深入于其中的。

复杂性在于：和古代相比，古人欣赏绘画的不解和误读，多半发生在纵向的时间之轴上，而我们今天的诸多不解，还更多地发生在横向的、共处的空间里面。这一点，或许也是因为今天更多了一些自我、自负等等的"自绝于人民"的艺术家吧。

古人很早就意识到这些道理，就比如对于张僧繇和阎立本的故事，宋人陈师道说：阎立本一代大师，对于前代大师张僧繇的高下，尚且有知之不足，而那些强作解人，妄自评价他人得失的，不过就是一种疏狂的表现了。而关键之处，就是要"补课"了，所以历代就不断地有人总结经验，盘点必要的"观画之法"。

元代鉴赏家汤垕写了《画鉴》一书，其中说道："观画之法，先观气韵，次观笔意、骨法、位置、傅染，然后形似，此六法也。若观山水、墨竹、梅兰、枯木、奇石、墨花、墨禽等游戏翰墨，高人胜士寄兴写意者，慎不可以形似求之；先观天真，次观笔意，相对忘笔墨之迹，方为得之。"

后来，他又补充了一句今天都能用得上的大白话，说"看画如看美人，其风神骨相，有肌体之外者"。

汤垕说的，可谓当时期约定俗成的鉴赏经验之"法"。但值得注意的是，他既说到了一般大众的、今天所谓的"公共性"绘画，也说到了当时正在勃兴的、所谓"高雅"的文人水墨画。可以想见，在汤垕那个年代，把他那部书了解了，至少是可以摆脱"外行"的。

另外值得关注的是，迄今广为人知的《芥子园画传》，其实也不仅仅是一本文人水墨画的技法入门书，同时，它更是一本扫盲性质的普及读本，可惜今天人们太小看了那书里的文字内容。正是因为有了这一类基础读本的存在，文人水墨画培养出了大众层面的"票友"，也造就了清初以来相当长的一个时期里，每个知识分子，都大约成为了水墨画的"内行"。

艺术欣赏固然可以见仁见智，但那些"玄"和"虚"的东西，总是要在一定限度之内的，不然，艺术也就没个谱了，换言之，也就玩不下去了。

道理相同，对于西方艺术，大半个世纪之前的傅雷先生也曾用心良苦，其《世界美术名作二十讲》，道同"观画之法"，把自己游历欧洲所亲历的、和艺术有关的知识和观感，向国人一一地讲来，让人积累得多了，渐渐也就会让人"内行"起来的。

2014年2月28日

艺术书籍二三例

日前有记者电话访谈，话题是武汉的"艺术书店"，我说这涉及两样事情：一是环境做得很有艺术感觉的书店，一是专门做艺术类书籍的书店。

前者关系到商家的经营之道，当然其中也有店主的品味，在实体店生存艰难的当下，我就不好多议论了。而对于后者，由于长期访书、买书、用书，倒是有一些切身体会，都和书籍本身有关，或可略说一二。

艺术类的书籍，往往要涉及具体作品的直观参照，印制粗糙，或图、文对应混乱，直接妨碍到书中内容的传达，乃至会产生莫名其妙的"误读"。在古代中国，对于书画艺术的复制、传播，或者临摹，或者捶拓，都是以"下真迹一等"为目标，态度非常严肃。时至今日，好的艺术品研究、鉴赏图籍，更能够全面呈现出艺术品的状况和信息，引导人们领略艺术之美。

比如《明式家具珍赏》，这是王世襄先生的经典著作，1985年由香港三联书店和文物出版社联合出版，当时书价600多元人民币，可谓奇贵了。它图、文相辅，版式简洁，但印制考

《气势撼人》版本比较

究，校色精准。尽管当初颇为"小众"，然而正是这部书，唤醒了海内外对于中国古典家具的重视，同时也激发了持续的搜寻、收藏之热。如目前已是明式家具重要藏家的伍嘉恩，就是经由这一情境变幻，在香港创办"嘉木堂"，至今专事其"发现、研究和收藏"的。

遗憾的是，或许迫于市场因素，几年前文物出版社简印之后的《明式家具珍赏》，尽管售价百来元，但相形前书，品质不堪，书中图版，更无美可言。

研究类的书籍，同样也关乎"做书"的态度和品质，手头就有一例。

加州伯克利分校高居翰（James Cahill）的《气势撼人：17世纪中国绘画中的自然与风格》，是国际汉学研究的名著，目前中文本已有台版繁体和大陆版简体。台版，是1994年由台北石头出版公司出版的，新台币3000元；大陆版，是2003年上海书画出版社经台版授权，人民币25元，两家都是美术专业出版社。初次读到中文台版，当即对照英文原书，感觉图、文毫发无差；十年后见到上海版，竟令人一时无语：同样一个底稿，一字不落、一图不少，却已大大"缩水"！台版书8开、326页、半彩印，上海版则变成了16开、146页、全黑白。若是文字类小说什么的，这倒也罢了，但该书属于艺术分析研究，且注重实证，书中诸多案例，现存海外各处，国内并未见到，因此原书中图例至关重要，并非是徒增版面之色的。而上海版图例，几乎如同黑白邮票，无从辨识（见本文插图），如此这般，如何让读者获取信息？更遑论读就一双敏锐的眼睛？

或许有人会说：我不过是一个门外汉，看个热闹而已，书不书的，何必较真。然而问题恰恰就在于，即便是普及类的艺术图籍，原本也担当着传递艺术美感与魅力的职责，只是在逐利的年头，由于粗制与滥印，在这一类出版物中，原本精美而经典的艺术品，却往往令人产生出"不过如此"的印象。

古人做学问讲千万不要"暗中摸索"，这时，书籍就是最好的航灯。这就像钟阿城小说《孩子王》里，知识饥渴的孩子捧着知青送给他的那本《新华字典》，幽幽地说着"原来，这是老师的老师"，似乎这书，也是有着"师表"的。

延伸到另一个话题：大众如何寻找到适合自己的艺术书？

实际上，除开基础性质的书，如考古报告、专题论文集以及基础理论之类，大多数的艺术书籍，并不存在什么专业与非专业之分。因为艺术的创造，本质上就是面向公众的；而艺术研究的成果，也是各领域共同分享的。比如全球再版次数最多的艺术史书——[英]贡布里希《艺术的故事》(*The Story of Art*)，在大半个世纪之前，原本是写给中学生们看的，但如今，它既是欧美大学专业课程的必读，也是通识教育中的推荐书目。

王世襄的著作亦如此，伍嘉恩近年坦言，它引导了自己由一个藏家提升为内行，从局外人变成为圈内人。

书店怎么开？书籍怎么做？对于要读书的人来讲，书品本身，总是第一位的，所以古人有版本之学。至于买书贪便宜，背离阅读的初衷而不自觉，在更深一层来讲，那是消费观念的问题，只是这些观念，贻害不浅。

2014年3月15日

门面话与私房话

"私房话"一说,是套用了近期英国人马科斯·弗拉克斯的《中国古典家具私房观点》,作者书中所述,均采自实例、实事,进而实录、实析,得出个人的看法。但我又因此想到其他。

时风下的艺术圈里,艺术家或艺评家们讲的话,有时是不可当真的。很多话,要看那是什么时候、什么情况下讲的?为什么要这么讲?又是讲给谁听的?而对于绝大多数的局外人来讲,许多话让人无从拿捏。

实际上,那大多是一些"门面话"而已,说重了,就是一些冠冕堂皇的套话、应酬话,甚至废话、假话。

相对而言,私房话则比较接地气,听起来散漫随性,但说起事来却指向明确。这也就是为什么现在大家宁愿看一些东扯西拉的谈话录(尽管其中仍有伪诈),而不愿听那些故作正经的学术腔,或名词绕得让人犯晕的宣讲。

国人的治学传统,是讲究微处见道,就比如庄子的寓言里,一个庖丁,演了一场宰牛的绝活,就能给国君引申出一套"道也,进乎技也"的至理,且成为"道不远人"的绝佳注脚。

这原本生发出一种思维和写作观念，但久而久之，竟习惯成自然，造成人们做什么事儿，都要首先给自己找到一番大道理来撑个门面。

比如，唐代晚期的张彦远写出中国第一部绘画史巨著，而且也是全球史上的第一部艺术史专著——《历代名画记》，书中开篇第一句就说："夫画者，成教化，助人伦，穷神变，测幽微，与六籍同功，四时并运，发于自然，非由述作。"这话后来成了名言，引用率极高，但除开史家笔法的涵养和态度，这不妨也可以理解为一句门面话：它应和了中国人标准的著作习惯。把绘画这事看得和儒家典籍一般高妙、和道家修为一般玄奥，这显然是所有想读这本书的人都爱听的。但随后的章节

案头一角

里，张氏却讲着和绘画有关的几乎所有旮旯角落：画家源流、笔法样式、风土习俗，乃至装裱、收藏、估价等等，似乎再也找不出什么儒啊道啊的影子了。

一幅画，有时也的确能点"题"成金。例如徐悲鸿有一幅著名的传统水墨画——一只立于高处昂首啼鸣的大公鸡，题上一句《雄鸡一唱天下白》，立马就让这幅画有了主题的内涵。但若换个角度来说，同是这幅画，题个《金鸡报晓》，或《大吉（鸡）图》什么的，也不是不能成立。

一个优秀的艺术家，必定怀有经世大业之胸襟，但同时也要看到，一个个体的艺术家，并非其全部创作都是奔向某个宏大目标；日常更多的作品，不过是职业生存下的产品，而这些日常状态之作，倒更能贴近一个人的寻常心思。老杜的诗篇，既有"安得广厦千万间"那样的绝唱，也有"春来花鸟莫深愁"一般的玩味，前者可谓"文以载道"了，而后者，则更多了几分私房话一般的暖意。

时下的风气却是，为向艺术的大处、高处、深处着眼，人们总是经意或不经意地念着自己那套口头禅似的"理论"，讲到具体的人和作品，也总离不开时代、观念和使命，似乎一落到实处了就会很没面子、很没分量，乃至不足以显示学问。

一般看来，研讨会是很学术的，而现在，它恰恰多半成为形式过场。几年前，笔者在北京参加武汉某画家朋友在中国美术馆举办的个人展览和著作首发的研讨会，与会者，是十多位国内的一线理论家。专家们一方面客气地解释着对画家了解的不足，也没来得及细读那本著作，但另一方面，仍然像"唱堂会"一样地神侃着水墨画的现状、过去及未来的发展态势，至于眼下的具体看法，则声明会在以后与画家私下沟通。

人们所接触到的，往往就是这样的一些门面话，而那些"私房观点"，则往往不了了之。

再换个角度来看，除开一些专项的创作，画家们做作品，多数情况下也就是谋个职业、讨生活过日子而已，其实也用不着什么门面话的。只是理论家的门面话可以给人拔高、给人贴金，同时，艺术家也习惯了喊一些自己都够不着的空话。

可以坦言，若想了解一个艺术家及其作品的高低，很多情况下真不需要听他是怎么讲的，直观其作品，答案就差不多了。或者还可以认为，少讲一些不知所云的门面话，艺术与大众的沟通，就不会成为一个问题了。

2014年3月31日

包浆

讲个收音机里听来的老故事。

某个古董贩子在别人家里无意间撞见了一个老铜器,又是锈色、又是尘土的闲置在角落里,显然是没被当一回事的,于是抑制住内心的激动,故作淡定地说这东西自己家里倒有一些用得上的地方,愿意出个价买回去。

别人家也高兴,自家废物一般的东西,竟摊上有人掏钱的好事,就顺口应承,让他隔日带钱来取。不过第二天让那贩子傻眼的却是,人家高兴之余,竟把这老铜器打磨、擦洗得锃亮如新了。

这故事还有类似的,但大意总是在说:对古董贩子来讲,值钱的不仅仅是那件老东西,更在于老东西上的那一层斑斑垢垢。

古玩行当里对传世古器物表面因年代和使用所形成的遗留痕迹,大致上,就叫它"包浆",明代人就有此一说了,而后来南方人兴起的叫法,也叫"皮壳"。至于地下出土的器物,则又有"土锈"、"水浸"什么的,本文且不说了。

专业人员正在清理唐代雕刻《昭陵六骏》之拳毛䯄，笔者摄于美国费城宾夕法尼亚大学博物馆

以紫檀、花梨等珍贵木器为例，包浆，往往专指久经人为摩挲、养护而形成的温润、含蓄的表面亮泽，即所谓"精光内敛"；皮壳则含义广泛，是器物表层经所有因素带来的附着物痕迹，甚或污垢残留。总之，人为的使用，加上表层氧化等漫长的自然过程，哪怕其间有意、无意的损痕，均属于时光研磨的沧桑，诉诸视觉，就有了绵长的味道。

从态度上讲，对"包浆"的依恋，其实也和人们看重岁月和历史的好古之风相应。那的确是一种可以用来解读客观状况的痕迹，同时也可以带来丰富的美学想象，思接千载呢。据说前辈陈增弼先生面对修治一新之后的古代家具，曾痛惜地怒喝："谁也无权处理掉这历史记录！"

在新一代的藏家里，也有不少人——如黄定中——极力倡导原封不动地保持古代器物发现之初的状况，即"原来头"。

比较而言，欧美的同行们，则看重"必要与和谐的修复"：在保存而非改造，且不过度清洁表面的前提下，让古代艺术品尽量呈现出材质、工艺与设计的美感。如英国家具商马科斯·弗拉克斯所说："虽然我能体谅保持器物原封不动，使它更加古色古香的心态，但是这些家具原本是要涂上表漆的，少了它，其中很多特质和奥妙就无法淋漓尽致的呈现。"这一观点，大致相当于我们今天在修缮古建筑时常常所说的"修旧如旧"。

2009年夏，我在美国费城宾夕法尼亚大学博物馆调研中国古画时，恰逢其馆内人员清理陈列中的《昭陵六骏》之"拳毛䯄"。《昭陵六骏》，是举世闻名的唐初纪念碑式雕刻，原在陕西醴泉的唐太宗李世民陵墓，流失费城的两件，为六骏中的佼佼者。清理时所用的，并非什么特殊的液剂，而只是 water，不含化学成分。清理的过程中，也不是着力地擦洗，而是水液喷湿之后用棉布小心地蘸去表层附着杂迹，因此没有蚀损之虞。

欧美各大博物馆的中国明清家具，当然是木器处理的方法：洗洁、修治、擦光、烫蜡等等，总之在光洁之后展现给世人，按国内藏家们的惯称，那就是被"洗澡"了。只是普通看客有所不知的是，那些馆藏陈列品，外部表面虽然光洁，木纹清晰优美，但在它们的内部表面，却仍然保留着"原封不动"

的旧模样，以供进一步的判断和研究。

每每也和朋友们争论类似的问题，应该打理洁净？还是保留原状？我的个人观点一直认为：艺术品本身，就是物料和技艺的完美统一，若是终极藏家，就应该让手中之物焕发精神。若明清古典家具在颠沛流离之后仍是一派老旧邋遢的风烛之状，既看不出"材美"，又遮蔽了"工巧"，那又何以让人领会其魅力之所在？

另外我也认为，行内所说的，尤其是台湾行内所秉持的一律保持古器物"原包浆"的观点，毋庸讳言也是和藏品交易的商业目的有关。因为一件未被"动过手"的、"原来头"的老东西，即所谓的"大开门"或"一眼货"，从流通角度上，更加容易被人辨别，也更加容易被人接受。

包浆，就是发生在古器物上的故事，也是重要的价值参考，不同的人，以不同的角度和立场，总是有不同的说法。

2014 年 4 月 14 日

太湖石的路数

常常有身边的藏家朋友争论收藏"路数"的高低，其实赏石就是一例。

说"赏石"，或许很多人不明其意，但要说到"太湖石"，则几乎无人不晓了。而且知道太湖石的人，多少也会知道"瘦、透、漏、皱"这四个字。

这四个字，源出于北宋大艺术家、大鉴赏家米芾在《海岳志林》中所云的"相石四法"——"瘦、秀、皱、透"。其经验是共识的，宋徽宗赵佶大兴御苑的花石纲，采自江南，取之太湖，标准大约类似。

米芾相石的四个字中，有三个字属于物理性的表象，唯独一个"秀"字，需要个人的领悟：作为艺术感知的一个表述，它着眼于某种潜在的精神气质，既涉及判断时的眼光和标准，也关系到特定的修养范畴。例如看画时，米芾也是这样，批评公认的北方山水画大师李成是"少秀气"。

自古可供观赏之石称"赏石"，其中以玲珑坚润的太湖石缘起较早，唐人就留有不少的诗、文吟咏，其中白居易的作品

白太湖卧石（个人收藏）

最为著名。但太湖石并非取之不尽、用之不竭，它从最初取自太湖之中，到后来在其洞庭山的开采，形成所谓水石、旱石之别，就是因为前者几近枯竭。而待后者也近末路之时，人们就不得不接纳各地新的石种，只是习惯上，"太湖石"留作了赏石的代称，例如北京房山之石貌似，就被称为"北太湖石"，其实不可同日而语。

赏石的传统，在明代中后期发展得异常可观，尤其在江南地区的文人生活空间中，成为了必不可少的点缀，大者安置庭园，小者摆放案头。及至纨绔参与，或附庸风雅，或炫耀家底，然而却只能在"赏石"的形貌上竞相争奇、求怪、尚巧，五花八门而已。此后的文人墨客，竟也在这场风流中浑然不觉地转移了基调，例如：

清初李渔《闲情偶寄》说："言山石之美者，俱在透、漏、瘦三字。"

沈复《浮生六记》说："大中见小，小中见大，虚中有实，实中有虚，或藏或露，或浅或深，尽在周回曲折四字。"

郑板桥《题画》，则偷换了米芾的原文，说："米元章论石，曰瘦、曰皱、曰漏、曰透，可谓尽石之妙矣。"

这些论断，不管"三字"、"四字"，总之都少了一个"秀"字，而新增加的那个"漏"字，则刻意强调着赏石上那些玲珑嵌空的孔洞形态，并导致人为、夸张、过分形式化地去追求这一特征，同时，也惹得石商们极尽凿孔、打洞之能事。

不必讳言，当清代以来的赏石只剩下视觉层面的形式感满足，就只能说明文人的欣赏力向着市场和世俗眼光的屈服，由此而丧失了其原本独立、雅洁的精神性因素，更遑论早期"有道"的意味（唐代李德裕）。

赏石的文脉，在此无法展开，但我想要说的是：清代以来，表面上一个"秀"字的缺失，却直接造成了简单化的实践结果，那些似是而非的"理论"，引导了赏石、玩石向着"纯形式"的方向堕落。绵延至今，与赏石貌似、实则脱离了自然生趣的人工制品层出不穷，同时，众多雅俗不分的"国宝帮"似的藏石家们也接踵登场。

明末巾箱本《燕居笔记》插图所示庭园赏石一例

在此需要参考的是，在今天，全球艺术博物馆系统中的中国"赏石"的对象，是所谓rock as art, spirit rocks, 或是scholars' rocks，并不包括目前在赏石发源地的中国大陆一时风行的各类形状的宝石、矿石、砚石等等的"奇石"，类似这样的一些东西，应该被归入地质博物馆或自然历史博物馆中。

此外，今人所说的"奇石"，大多着眼于稀奇与新奇，与古代的"奇石"之意不同。君不见大陆的奇石市场，每年都涌现着各种各样的地方特产，因为，"奇石"有"奇价"，这是不言自明的商业门道，但却颇为符合"高、大、上"者们的口味。只是那些"疯狂的石头"的本身，总也免不了粗陋、庸俗的扮相，它们经过一概的雕琢、打蜡、浸油，摸着滑手，闻着腻味，看着更是不堪入目。

其实前人的赏石观中尚有一个"古"字，若从"包浆"和"皮壳"的角度掂量，倒是值得重温。

我主张要看懂眼前的那一块石头，并非是鼓吹复古或泥古。审美，固然有着"当随时代"的一面，但既然与古典赏石相联系，就必然有它的基因和内容，未来的玩赏，总要有个字正腔圆的"路数"才好说。

2014年4月30日

夏月说扇

未及入夏,就见有朋友拎着一把折扇作斯文状了。

武汉的炎夏是出了名的,作为"火炉"中的一景,手摇取凉的扇子也真有得一说。

20世纪70年代那会儿,汉口的巷子里有挑着担子卖蒲葵扇、鹅毛扇什么的。鹅毛扇,是可以用来扮诸葛亮的。而蒲葵扇,也会有不少人DIY地再加工过,其法很简单:用肥皂在扇子一角画上图案或自己的名姓,然后油灯上一熏烤,留下一团黑,刮去肥皂后,就露出蒲扇本色的纹样了。其作用除了显摆巧艺之外,也是出于实用,因为千万把蒲扇一个模样,有个字符、图案什么的在上面,街巷乘凉之际,人多手杂之时,就不至于彼此拿错了。

那时高档一些的,有用丝线连缀的檀香木小折扇。薄薄的檀香木片,镂刻着透空的图案,闻着有一股淡淡的香。不过这路折扇,并摇不出多大的风来,只是阿姨阿婆们的一种"范儿",而且在小资情调被"革"掉的年代里,是作为传统工艺品而有幸被保留下来的。去南方苏、杭出差的有心人,往往会带一两把回来炫耀一下。其实汉口也有得卖，在三阳路和居仁门的涉外"友谊商店"。

记得那时六渡桥的"工艺大楼"还有卖圆形的团扇，也称纨扇，或宫扇，绢质或纱质的扇面，画有山水、人物、花鸟，看着颇古雅，乐府词所谓"裁为合欢扇，团团似明月"也。但这种扇子现代生活中携带不便，损坏了心疼，不实用的，纯属传统保留曲目。

顺便要说的是：纨扇是中国的古制，汉代日常生活中就很流行了，三国之后也颇显文士风度（如图）；而现今最常见的折扇，北宋时最初也被称为"高丽扇"，实则是倭扇——日本人的发明，据说是受了蝙蝠双翼的启发，因其折叠便携，流行中国之后，被明清文人们光大成了一种文化，如故宫所藏的明清扇画，十有八九就是折扇的形式。

与扇有关，清初孔尚任的名剧《桃花扇》，在现代被欧阳予倩先生改编成了古装话剧，后来被拍成了电影，影响极大。剧情兹不去说了，但剧中女主角李香君手中所执的，已不是原著中所描写的作为男女定情之物的白纱扇（纨扇），而是画了血色桃花的大折扇。想必改编者的心目中，那一个"扇"字，大概是可以由折扇来代表的吧？

高中那会儿，曾在南京路的荣宝斋买来几把折扇，仗着自己篆刻的手艺，在竹质扇骨上刻上两行甲骨文联句，自鸣得意，招摇过市，现在想来汗颜。

这是目前所见中国最早的一幅纸画，东晋时期，23cm×34cm，新疆吐鲁番阿斯塔那汉族墓葬出土。尽管所画潦草，但图中主人手执纨扇，却颇有文士风度

传统的折扇里，扇骨子最常用的是湘妃竹、斑丝竹、文竹之类，或软木质地的漆艺。不过这"文竹"，并不是现在室内观赏植物的那种文竹，而是可以用来制作净面扇骨的竹料的统称，明代以来约定俗成的，就像花鸟画里把云雀一类适宜入画的称作"文鸟"，或家具业里把花梨木、鸡翅木一类的硬木称作"文木"一般。

目前传统生活情调复苏，字画店里的传统扇艺正在逐年晋升档次，一把苏州工艺的湘妃竹折扇，已经是七八千上万元的卖价了。竹艺的恢复，改正了前些年无知炒作红木时，这个"檀"那个"梨"的木扇骨一统天下的状况。

殊不知折扇流行的本意是便携而优雅，分量轻是首要标准，因此竹材为上，其次再讲求优选。而硬木一类的扇骨，一则沉重，二则少弹性，而且形体往往宽大，因此手感笨拙，一眼看上去，倒更像金庸小说里的偏门秘器，总之，如一把"戏扇"而已。而既然像戏扇了，就不免让人想起古装戏里的跟班们把折扇插在后领里、贩夫走卒们把它别在后腰带上的模样。

再如用扇的讲究，一把装模作样的"戏扇"，"呼哧"一声地打开，又哗啦哗啦地狂摇一阵，真所谓俗话所说"美女扇肩，英雄扇胸，轿夫扇裆"了，哈哈。

想起武汉书画家的一则逸事：20世纪80年代初，曹立庵先生在汉口有一次书画讲座，讲到比他更老辈的汉口某名家民国时给人画扇子写书法，到末了却把印章盖反了，当着人家的面又不好悔错，于是急中生智，一边故作镇静地与人笑谈，一边急切地抠头皮，抠着抠着，抠出了头皮上的一坨油垢，往盖错了的印章上着力一按、一勒，那印迹，竟给去除得一干二净。

当时席下十几个听者乐得掌声一片，像听评书一般。

如今想来，这野史一般的情节也真够恶心人的，与扇之风雅大相径庭。其实人头皮上再怎么邋遢，也不至于弄出那一坨垢来；而即便有垢，也是消不去那块印章红的。

这曹老先生，真能忽悠！

2014年6月15日

道眼观常

前人说"俗眼观异,道眼观常",而今回味,果然真理。

过去北京琉璃厂坊间有被誉为"刘半尺"、"赵半幅"之类的高手,是说他们不用看画上的落款,更不需要一幅画全部打开,只掀开那画的半尺一角,立马就能说出这是哪朝哪代谁谁谁的画。这对于看什么画都觉得差不多的常人们来说,确实有些不可思议。

这类事情不虚,当代的例子,比如旅美藏家王季迁。十余年前,当人把一幅无名款的私人藏品送到王季迁处,他一眼便断下了时代和作者,而数月之后,美国和日本研究机构完成的鉴定报告,与王氏的判断一致。

本来,文章极处无奇巧。所谓"常",就是那些规律性的东西,在艺术上,往往就是微妙之所在,粗看平淡无奇,但需要耐心来把握;而那些"异",是表面文章,人人都看得出来,并不体现技术含量。因此能看到"极处",从"无奇巧"的"常"处看出门道,那才是看画、看艺术的真本事。

近代以来,中国人文化自信尽丧,对于传统绘画的价值与认知一概都失去了耐心，什么都是西方的好，艺术上亦如此，连"美术革命"的标杆性人物，都成了郎世宁——一个康乾时期供职内廷的意大利传教士画家。

最早撰文抛出这个观点的，是改良思想家康有为，时间是1917年。康氏影响下的陈独秀、徐悲鸿，观点也大率如此。按陈独秀的说法："要改良中国画，断不能不采用洋画的写实精神。"

在康有为那班人看来，自己所"熟知"的传统中国画，是千人一面，是历代仿效，是了无生气的，因此只有西洋的"写实主义，才能够发挥自己的天才"。其逻辑似乎是：描绘眼前生活现实的林林总总，必造就绘画艺术的千差万别。以内容题材的丰富等同于艺术形式的差异，这实在是一种影响深远的误导。

有道是"外行看热闹，内行看门道"，放在这里说，也仍然管用。

仍说康有为吧。他自诩自己的书法见解了得，但同时又对自己的作品没底气，说是"眼中有神，手下有鬼"。而我始终认定，康有为即使在书法上没"走神"，在绘画这一块也真是一个"见鬼"了的外行。

传统时代，中国文人们自信是审美精神上的"见道者"，艺术的创作者与艺术的鉴赏者，是在同一个层面上互动，即便是帝王们如梁元帝、唐太宗、宋徽宗，到清代康熙和乾隆，也莫不在艺术上深好一口。因此在那些时代里，艺术外行虽然不少，但从不占主流。

而时至今日，却是外行居多了，主观态度之外，教育也是造成公众审美眼光普遍跌落的一个原因。人们对于艺术的微妙之处无从把握，就只能由那些外在的形式和样式来满足新鲜。而另一个方面，现代艺术运动的结果，让艺术家成为脱离文化环境的另类，况且作为公众的一员，他们也同样缺乏系统的文教，最终，艺术者与非艺术者，都落得了"俗眼求异"的相同结果：日新、日新、日日新……

回想起十几年前在巴黎卢浮宫看18、19世纪法国绘画，当时一眼望去或一时间转下来时那种"大同小异"的感觉，全然不是之前书本上得到的少数几个代表画家风格迥异的印象，反而与在国内博物馆大量接触传统山水花鸟画的感觉有几分相似。当时就曾想过：得亏了风格面貌的大致趋同，其评价标准才会明确，艺术上就不至于浅尝辄止，就会往深处走去；而一旦艺术走深了，画家之间天性所在，自然就有了彼此的差异，在这里头产生的高手，那可真就是一座山了！

这就是"常中见异"的道理。

这两年人们常常说要"接地气"什么的，大约也是觉得说得再怎么漂亮的好事，总要有个实际的对接点才有可操作性，要不就是纸上谈兵。事实上，"闹眼子"的事情，大家见多了以后，就开始渐渐地意识到：那不过是些过眼烟云。

文化艺术上的事情，更多的是一种习惯养成，一段时间腻味了，就想换个口味，待缓过气来，一切仍是照常。而究其实，"异"中正有"常"在，君不见今天推陈出新的许多手段，恰是"翻版"，恰是"老调新唱"，而那个"原版"、那个"原调"，也恰是"常"之所在。这似乎应了《圣经》中所说的"阳光之下无新事"了。

所以说，异中见常，也是一种领悟的功夫。日前与玩了二十几年新水墨的钟孺乾老兄聊天，聊到了眼下的这个话题，他感慨而言：活来活去，基本的东西，是没有变多少的。

诚哉斯言。

2014年6月30日

君子盛饮

近日购得两块唐代长沙窑系残瓷片,上有书法文字,一为"君子盛饮",另一为"清如竹叶"。两者均为饮器——盏的底部,且均为圈足底,底形完整,尺寸大抵相仿,因此其器形不难还原。两片残瓷的修足特征比较一致,均是直壁圈足,壁内洼,且外撇,这并不是常见的典型,略作推敲的话,当为晚唐五代之间的器物,放在整个长沙窑的烧造时段里,这算是偏晚一些的了。

购入这两片残瓷,最初是出于它书法笔迹的考虑:长沙窑以书法文字作器物装饰者较多,且不乏精彩的文句,这两件盏子的器形虽残,但文字尚全,神采犹存。

一说到唐代的书法,就会让人想到欧阳询,想到颜真卿,想到柳公权,等等,但大师们的笔迹,正如"唐楷"二字的含义,是规矩,是法则,是整肃,一派儒家庙堂气象。

长沙窑器物上的文句书写,当出自窑工之手,比如看那"清如竹叶"的"叶"字的行书体写法,显然并不规范,而是属于粗通文墨者的俗写,只是写得熟练了,托了整个时代的福,写得洒脱，写得活泼，写得自如，全然没有初盛唐时期书法笔迹的凝重，倒是和圈足底的年代一致，略见晚唐诗风的婉约、轻盈。而那件"君子盛饮"，虽是楷中带隶，但行笔圆熟，且儒且道，且有些卖弄学问、卖弄笔法的感觉。

唐人豪饮，酒颠、酒仙什么的层出不穷，留下很多的故事，历来充满着后人的追忆和想象。几十年前，余光中先生用现代诗盛赞李白：

"酒入豪肠，

七分酿成了月光；

剩下的三分，

啸成剑气；

秀口一吐，

就半个盛唐。"

文人们历来就是如此善于构想。不知余先生自己酒风酒量如何，但却借李白的酒气熏满自己的诗稿，把半个唐朝之盛都归功于那一樽酒了。

"君子盛饮"，其意自明，这当是酒盏之残底，其底足直径有8cm，算来整个的酒盏，个头殊不小，相当于今天的一个大汤碗了。对比湖北地区先秦墓葬出土的用来饮酒的那种小小的漆耳杯，唐人"盛饮"之用器，的确豪迈气派。

这不妨可以比照一下现存的宋人临摹唐人的《宫乐图》。看局部图中：三女子排坐酒案一侧，案上酒具成组罗列。一背

宋人摹唐人《宫乐图》线描示意

坐女子一手执纨扇一手指点；另一女子向案，执长柄酒勺，正从酒樽中取酒；中间一女子侧身回眸，一手撑坐几，一手捧酒盏，其酒盏之大小，大约正如眼前这个"君子盛饮"的尺寸。由画中寻思，宫中女子"盛饮"果真如此，那文相、武将、墨客们，就实在不可斗量了。

长沙窑酒器上书写的文句十分耐人寻味，撇开一般性作标记用的"美酒"、"内酒"什么的不去说，常常见到的是诸如"自入新峰市，唯闻旧酒香"之类的诗句，以及文艺范儿十足的"酒温香浓"、"浮花泛蚁"之类的雅词。

而"酒温香浓"、"浮花泛蚁"之类，恰好也说明了这酒在当时，也就是酒曲酿制的低度米酒。画中的宫女喝那一大盏子的米酒，就跟现在喝下了一碗桂花糊什么的，也就并不粗鲁、并不吓人了。

长沙窑同一形制的盏子，有写着"美酒"二字的，是酒器无疑，也有写着"茶盏子"三字的，则是茶器，说明那某个时段的酒盏和茶盏，在形制上分得并不十分清楚。今天的考古人，一般都是从出土实用器具的成套组合上去划分其归属，若没有前面说的那些明确的文字信息，单凭某一件器物的形状，任谁也是没法分得确切的。

眼前的这个"清如竹叶"残件，是酒盏？还是"茶盏子"？看来不敢妄言。

从表面的文意上去揣摸，它似乎是有几分茶味的，但这又不过是今人的冲泡饮茶经验所想，殊不知唐时的烹茶之道，不是煎茶法，就是点茶法，总归都是把茶叶碾成细末的"末茶"的"吃"法，都是那种浓浓稠稠的调制饮品，若往"清"里一走，那就不对了。而若说它是个酒盏，这文辞似乎又过于温甜，让人感觉不到一丝酒酿的度数。莫非晚唐时分，这酒也和

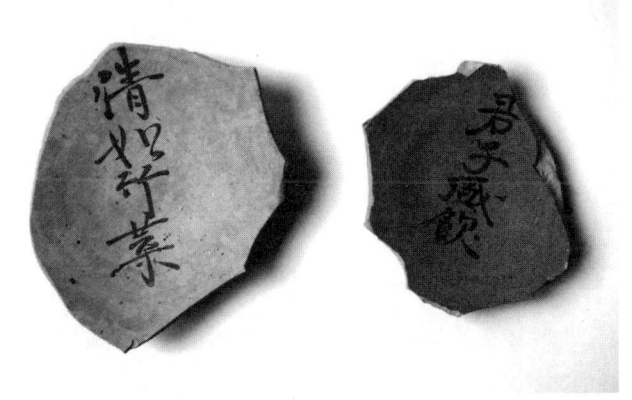

唐长沙窑瓷片

诗一样,离开了"豪肠","却话巴山夜雨"去了。

酒盏也好,茶盏也罢,酒有酒仙,茶有茶圣,眼前瓷片上的这两句文字意象中,饮风却如那书风一般,自在且自如。

2014年7月15日

从"竹二代"说起

这是无意间撞出的一个话题。

同事李鹏的车回南昌年检,几个"玩老"的朋友同行,入伏的第三天,人在南昌。古玩城里转了几圈下来,老东西的行价已实在令人唏嘘,悻悻然,隔着店家的玻璃墙拍了一张对面烈日下的滕王阁,微信发往朋友圈。

酷热之中,让人想起了民间的竹器。

"故郡"南昌,传统生活痕迹甚于武汉,于是次日上午,李鹏把一行数人带到了船山路上的一家"船山竹艺老店"。据说,这条老街上的竹器店、铁器店以及其他的手艺铺子,曾经是一家挨着一家的,而现在,竹器就剩这一家,其他已是绝迹。

店内,一个四十出头的师傅正在忙碌,靠墙码放着毛竹料和大大小小的竹椅、竹凳、竹床、竹梯之类的成品,样式雷同于各地,大路货而已。门口有一把扶手矮椅,既像禅椅,又像沙发椅,但似乎又过于"偷工"。倒是师傅自己坐的那把竹椅,让人眼睛一亮。

那竹椅本身并不精致,用材也一般,只是有个木椅的模样：高座面，直靠背，靠背上端有加固的"矮老"，座面下的两根大边一转圈围拢，从上边透穿几个竹钉，踏脚也是两根料。用手掂了掂，既轻便又结实。在自己的孤闻寡见里，这样的竹艺活所见不多。

见我有心要买，师傅忙解释说那是他父亲做的，不卖。

次日一早再去，店里多了那师傅的哥，我仍然继续昨天的话题。但这哥的口气里，也说那椅子是他父亲的手艺，自己兄弟二人做不来，而且像这样的竹器，即便他父亲做了，费工费时，但卖不出价。说话间，递上一张印着"竹艺师"称号的名

南昌竹艺店的师傅

片，接着打开手机相册，都是平日里装修方面的活，比如戏台班的竹桌椅，果然比店里的大路货精致一些。也许世面见多了，事情也就看淡了，几番交流，他最后总算让出了这把竹椅。

打道回府，同行的王传斌玩笑地说：这两个"竹二代"，你真可以记一笔！

说也是，既然当下"二代"已成为一个语境，给这俩竹艺师傅一个"竹二代"的帽子，倒也贴切。

华夏史中，竹制品几乎涉及生活的所有方面，竹器的制作，遍及所有的产竹之地。即便是进入赏玩层面的工艺品，也有明清以来的嘉定竹刻为榜样，不过那又是皇家贡品或南方文人的意思了。

"置器有道"，这原本就是中国人的文化旨趣，或曰美学态度，其中既有精英意识，也不乏平民之道，但根本上，总是"器用"为先，其次"工巧"，默默提升日常生活的品质。这若转换为现在的时髦说法，真可谓"设计改变中国"。

然而平民生活的梦想和满足，往往并不在殿堂一般的高处，而是近在身边，在触手可及。老城区生活过的人们都不会忘记：在二十多年前的武汉，或者说，在中国南方所有的大小城区里，炎夏时节，傍晚时分，家家户户的竹椅、竹床、竹板，搬出家门，占满街巷，构成全社会研磨夏夜的世象与人情。

而这一切，在快速的现代化之际瞬间消失，且无影无踪。似乎所有人的眼中，廉价的就是低端的，家中的老旧竹木弃之

南昌竹艺店旧竹椅

如敝屣，代之以新型的工业板材，貌似现代主义的"简约"。但问题的复杂性在于：表面看起来，传统民艺与当代生活渐行渐远，但随着生态层面的反思，原生材料的价值，不论贵贱，都在悄然恢复和再生，且将回到认知的原点。

"文化的基础，就存在于国民的生活中，文化的程度，可根据民众生活的状况来进行评价。"这是毕生推动日本民众生活艺术的柳宗悦曾经所说。那时，东、西、古、今的交叉路口也让日本人纠结，但今天，日常生活器具的制作——"民艺"或"民艺品"却在日本各地完好地保存：一个竹水勺、一个木垫片，都会往精致处考究，价为竹木，却制若珠玉。这使得彼邦的生存美学，不是停留于空洞的理论，而是渗入到日常的点滴，也使得"国民性"一说，不再虚无。

"二代"的意思，可以被理解为承先启后，所有手艺活的目标，说高尚了，都是奔向众人的诗意栖居。如此而言，这"竹二代"，乃至其他"木"、"铁"、"藤"、"漆"等等的"匠二代"们，当有重拾技艺传统的可能。只有在人文记忆的延续中，"二代"才不至于成为"末代"。

2014 年 7 月 31 日

为什么玩收藏

一个玩高古瓷收藏的朋友近日里老是念叨着"要克制自己买东西的想法",其原因之一在于,经过若干年南来北往与各地藏家交流,手上的藏品有了小小的规模,也有了让人艳羡的绝品,然而接下来他遇到的问题是:在今天藏品资源几近枯竭的情况下,平日里所能遇到的东西,次等的瞧不上,高级的又因为价格飙升而令人踌躇。

其实想一想,放一放,我们不妨问一下自己:我们为什么玩收藏?

以今天的知识与信息环境而言,进入大众化广义收藏的名目,实可谓五花八门了,但为了说话的方便,我仍然限于传统收藏品的范围,大致上,就如南宋赵希鹄《洞天清禄集》里所说的"尝见前辈诸先生多蓄法书、名画、古琴、旧砚"等等。

表面上看,这都属于书画艺术品和古物或曰古董的收藏,无疑,这也是唐宋士大夫以来在"好古"风气之下玩收藏的主要范围。

然而值得辨明的是,这样的一种"好古",并不仅仅只是风雅与闲情的层面，而实际上是一种亲近文脉的方式，具体而言，就是"好古敏求"，就是"格物致知"，总之，是在知"识"、知"道"的快慰之外，附带着知"足"的生命充实。

从这个角度上看，收藏的行为，并不是那种生活内涵中的"恋物癖"，而是更深层一些的"惜物"的理性、一种"鉴古"的学问，乃至于某种历史感的惆怅。而收藏的对象，则是那些能够"纪录"了不同时代人的智慧与工巧的，且能够带给人以悠然遐思的东西，并通过这些遐思，去尊重和感知先人的文化足迹。

或许这就是"文化"二字的重要方面，而且在我自己的感知里，文化，也从来就是那些需要通过感性去相对的东西。就比如我们现在去到任何一个文明地区，都会首先去参观那里的博物馆，通过馆藏了解那里的文化和生活。以"博物"为基础，那些"藏品"，也就是文化的代言。

但博物馆级的东西，往往是经典和精华，并非芸芸众生所能轻易拥有。在没有现代意义上的公共博物馆的古典时代，那些东西，则是收罗于极少数权力或知识精英手上，同时期绝大多数的其他精英们，也只能是有机会参与鉴赏而已。因此，我们常常在中国古典书画作品上看到这样的一枚印章："云烟过眼"。

"云烟过眼"，是古人讲的一种境界，其实也就是一种境界而已，心里说说的。似乎任何一件绝美之作，在任何一个藏家手上，都不过是暂时的留驻，因此不如潇洒地看开：得不到的，就看一看，权且过个眼福，古人也叫"眼缘"。而对于藏家们，则有另外一种无奈，那就是：当经济压力出现，或者囊中收藏的字画需要换手了，那就在这件即将离去的藏品角落里敲上这个故作轻松的印章，留下一个印记，是念想，也是安慰，如同今人常说的"不求天长地久，只求曾经拥有"一般，也顺便给后人留下一段佳话。

如此说来说去，收藏的乐趣，还是驱动着人们实现自身能力范围内所能承受的藏品拥有的经历。

毋庸讳言，今天人们对收藏谈论得最多的，恐怕是关于收藏品的增值，而且这的确也是一个真实的动机，此处不必多说了。但问题是，既有眼光也既有实力者对于艺术品的喜好与拥有，与单纯借艺术品炫耀或理财仍然有所不同，这其中，恐怕也就是"贵"与"富"的区别。

进一步而言，若没有历代官家和私家对于具体物质产品包括艺术品的蒐集和传承，我们今天所说的什么什么文化，就只能是某种存乎于想象的玄谈。换句话说，文化，也正是由一个个具体物质活动的案例而累积成就，并最终促成为一种特定价值的生活方式。

话说到此，不妨介绍一个人物，全球历史上第一部绘画历史著作《历代名画记》的作者——晚唐大鉴赏家张彦远（约815—875）。

张氏的祖父以上三代为宰相，家中原富书画收藏，后因战乱而逐渐散失。时至张氏本人，虽然他秉袭了世家子弟对于书画艺术品"购求阅玩"的优渥情调，却也造成了举家缩衣减食的现实状况，因此惹来妻子一片牢骚："终日为无益之事，竟何补哉！"而张彦远，依然不管不顾地"爱好愈笃，近于成癖"，且留下了一句经典的对答："若复不为无益之事，则安能悦有涯之生！"

这句话，可以读作对本文标题的回应。

2014年8月15日

附记：若对本话题感兴趣，建议阅读被乾隆皇帝收入《四库全书》的晚明玩家文震亨的著作——《长物志》十二卷。

秋月说草虫

台北故宫藏品逾65万件，国宝、重器无数数，而其中最为大众所知晓的，却偏偏是一棵清代雕工的"翠玉白菜"。这白菜也不大，19厘米高，菜帮灰白，菜叶翠绿，绿叶上，爬伏着两只昆虫——螽斯和蝗虫。说实话，这件玉雕的质地并非绝佳，雕工手艺也非绝伦，但在传媒的大众化时代里，它竟然成为了独享专场的"镇馆"之宝！只是因为有多少人奔往故宫而去，第一眼要看的，就是这么一件东西。

百姓的视听之娱，就图个"亲切"，原无所谓宏旨，既满足于道听途说的"故事"，也留下观赏之后的"趣谈"。就连前些年听说了这白菜上蝗虫的触须被断损了一小截子，也让很多人心痛、责骂了很久，让媒体小编们又描述出了一层"亲民的味道"。

园蔬、野草配各色的昆虫，在传统画科里被称之为"草虫"，是人们视线所及的最细小的"活物"，在宋人的绘画作品里，就已经描绘到了细腻的极致。然而画艺之外，它还有另外的一些意思！南宋罗大经的《鹤林玉露》里，记载过一段草虫画高手曾云巢的自述，说："某自少时取草虫笼而观之，究昼夜不厌。又恐其神之不完也，复就草地之间观之，于是始得其天。"

何谓"得其天"？简而言之，得其神也；得其自在与天性，得其天理与人趣也。由小处看，这是宋人闲适生活的一种兴味延伸；往大了说，那也是士大夫们"格物致知"的一层功夫。

"古人观理，每从活处看"，这是宋人哲学中的一层妙义，所以据说程颢先生"不除窗前草，欲观其意思与自家一般。又养小鱼，欲观其自得意，皆是于活处看"。

于是乎，宋代的画家们，一般都熏染了这般耐性观察的心境和眼光，以及精细不苟、专擅一门的绝活。看看存世的宋人小品，比如那些团扇，草虫这一科里，就名手辈出，十分的了得。甚或可以说，与宋代以来的传统理学及其自然观相呼应，这旮旯一角里的草虫的视角，倒可以看出去好大的一片天地。

于是历代草虫画借物而明理、寓情、修性、悦生，一脉相传。参看乾隆时所编《御定历代题画诗类》，从宋到明，题在清宫所藏草虫作品上的文豪名家诗作就有70余首，这若广泛于民间搜罗，那就无可计数了，可见草虫画"亲民"之一斑。

现代擅长草虫的画家里，来自民间的齐白石最有名，甚至比任何一个古代大师都有名。他把自己的草虫画自谦为"草间偷活"，自谓"惟四十岁时戏捉活虫写照"，却不料为大众所喜，从此一发不可收拾，把个小小的草虫题材演绎得撞人眼球。

齐白石的画作，人所周详，暂不细说，而手头恰有一册

（传）齐白石早年木雕镇纸一对（湖南私人收藏）

《齐白石竹木雕精选集》(文物出版社),其中以草虫为题材的杂木雕刻镇纸有数对,看上去则另有一种感觉。

如镇纸之一(如图):成双,一为荻草间,一为兰草间,一尺见长的狭窄表面,浮雕有蜻蜓、螳螂、蝉、蚱蜢、蝗虫、天牛、甲虫、蟋蟀、瓢虫、蝴蝶、蜜蜂、飞蚊等等,十多种的昆虫,或静或动,或飞或栖,一一错落布置。下方角落,有"木居士"的阴刻名款。

与齐白石工巧的草虫画相比,这木雕的手工品,更有几分拙讷质朴的趣味。按白石老人自述,他十六岁时,曾随当地雕花木匠学艺,此后就靠这门手艺活,在湘潭老家走乡串户十余年。这件文房案头所用的雕件,正是"齐木匠"当年所作的一个遗存。

我常常在想,白石老人后来能把纸上的草虫画得那么的灵妙,这早年的木雕活计,就已经具有了童趣盎然的雏形。早年的木器生涯,他是把画谱里的图样施展于雕刻,用一把雕刀,来模拟对象立体的维度;而在晚年,他又在京城把年轻时的记忆重现于笔端,成就田园里的一段段纪事。

最近几年,我也采集了不少昆虫的标本,画了不少草虫题材的水墨与工笔,也实在是想追忆一番古人"格物"的步调,找找那些渐行渐远的亲和的心境。

回想七八十年代里的武汉,夏季可以粘树上的知了;夏秋之际,墙脚边、电杆下,凡有一蓬杂草的地方,就必能找到蚱蜢或螳螂；深秋时节，蝗虫往往鼓腹而肥硕，而屋角处与煤堆里，随时能寻到蟋蟀的踪影。

那些野趣横生的虫子，用一手扑住，又忽而会从掌中挣脱……活跃与跳动中，有眼下这个时代所有的科技物品都无法替代的"玩物"的乐趣。

2014 年 10 月 15 日

心境中的菖蒲

近来微信里接连见到好几篇关于菖蒲的帖子，不是说端午节里用的大叶子水菖蒲，而是置于案头上的那种石菖蒲，想想这古旧情调的东西，竟也开始在公众平台上滑动了。

上月杭州有会，得闲去海宁访友，没承想到的是，其胞弟竟是位名闻海内的盆景高手，京、沪、杭的大拍，凡有盆景专项，就必有登门征集拍品者。说到武汉，也有几位在他那里出手不凡的同道买家。对他那些名贵到七位数的树桩盆景，我只能作过眼之观，留些资料照片罢了，而盆景园一隅，十几个绿意横生的小盆菖蒲，却令人眼前一亮。于是这趟访友，就有了收获。

获赠带回武汉的菖蒲小品，养在鸡蛋大小的紫砂小钵里，属于"金钱菖蒲"，是菖蒲中的雅品。途中高速路边小憩，托在掌中拍了张图片，微信发出，不一会儿工夫，竟得来朋友圈里的几十个赞。

其实点赞者大多不识菖蒲面目，不过是觉得清隽可爱，放在案头颇养眼而已。

菖蒲小品

这确实也是一个起点，明代王象晋《群芳谱》说："若石菖蒲之为物，不假日色，不资寸土，不计春秋，愈久则愈密，愈瘠则愈细，可以适情，可以养性，书斋左右一有此君，便觉清趣潇洒。"

菖蒲是一种多年生的草，表面看似寻常，但要养出精神来，却并不容易，天时地气的环境不说，养护人的心思手法也很重要。江南人老话说的养菖蒲就像伺候大小姐，看了海宁朋友处一个直径盈尺、深且寸余、圆形紫砂浅盆中所养之菖蒲，果不其然。那满满的一盆菖蒲，近五十年里，经历过多个主人的养护，依然苍秀青翠。蒲草疏松处，露出盘错的根节，如竹鞭一般，说来也是一个看点，有古人赏竹所说"未出土时便有节"的意思，暗含士大夫气象。根节之下不见土，被厚厚的一层苔藓覆盖，而这层苔藓，养护功夫之外，也同样有讲究。

前阵子梳理过赏石的资料，有唐人刘长卿《题曲阿三昧王佛殿前孤石》诗，其中有"一片孤云长不去，莓苔古色空苍然"的句子，大意可理解为石体本坚实，而苔藓依附紧密，可喻为相伴忠贞，而不仅仅是出于视觉层面的审美。又比如白居易《双石》诗中的"孔黑烟痕深，罅青苔色厚"等等，也一一若此。可知从唐人眼中开始，那一片幽暗的苔色，就有了特别的意蕴。

但不管怎么把背后的内容说得如何的复杂，在直观上，菖蒲仍是以质朴为本色的。也正因为这样的一些因素，菖蒲入画

金钱菖蒲小品

极有感觉,在明清文人画家的笔下,它既能演绎说道,又收获清幽之姿。

晚清任伯年、吴昌硕等海派画家们的"清供图"中,常常以石与菖蒲相伴,是传统的意境。而即使是为海上新贵们应景而作的富贵图中,也每每有菖蒲一盆,茸茸茂盛,以示其生意盎然。而且,菖蒲或栽瓦钵,或置石盆,可显其古淡,与画面中种种讨巧应俗、求财显富的杂什一相组合,就多少不再显得那么的土豪气了,也算是在商业绘画中保持了一点点文人的"腔调"。

中国的艺术里往往惯用这样的一些手法:从小处得其大。说得术语一些,就是由有限感知无限,正如《梦溪笔谈》里谈到山水画时,沈括说:"大都山水之法,盖以大观小,如人观假山耳。"从这个道理看过去,中国人的山水画,包括其他的画材,其实并不计较眼前所见自然形貌的高低深浅,而是借此体察自己内心世界的种种。

这几年,设计界有一个出现频率很高的热词——"侘寂"(wabi-sabi),属于日本美学中一个比较核心的概念。尽管它那些感觉上的东西是很难定义的,但对应于众多大朴不雕的生活物品来看,也能概括出某种思考的范围,即对万物"静观"与"微观"的欣赏态度,以及对于人工与自然之间度数的把握。其心境与场景的营造,的确是很诱人的,因此时下小资人群里,就常常把茶道、花道、枯庭什么的作为高大上的谈资。殊不知,日本人的石菖蒲,也同样玩得非常的出彩,可以作为"侘寂"之一例。

这股东洋风借现代主义反思之机刮过台、港与欧美,但吹进了大陆来,却实在是有些"返销"的意思,因为它也是宁静致远的落实。

也许悟性浅薄,对菖蒲通达佛性、禅意什么的联想,我倒并不以为然。只是觉得那小小的一钵菖蒲,能够重归心境,恰恰是在于日常养护之时,有那眼中与手中的淡然。

2014 年 10 月 31 日

作器的艺术

民国初年，李葆恂《旧学庵笔记》里记载了一个叫周义的木雕艺人，读来颇有情景感，赛过那篇著名的《核舟记》，照录如下：

周义，长沙人，幼入塾，对门某匠善雕刻，妙绝一时。义辄逃学往观，归效其技，刻门阑、床脚几遍。父怒，挞之，不能改也。久之，曲尽其妙。

又有杨先生者，善画花鸟草虫。义伺其作画，即造访之，问以笔法。杨颇不耐，曰："子不能画，喋喋何为！"义曰："凡公所能写于纸者，我能刻之于木。"杨即写老柏图，缠以凌霄，千丝万缕，纠结盘曲如龙蛇。画讫，授义曰："如此可刻乎？孺子试仿之，不成，则无为过我矣。"义归家，取坚木，辍寝食，屏人事，日夕为之，极尽般尔之巧。三日而就，献之杨先生。先生大惊曰："子刻法精劲，胜我笔画，异日必以此传。"因尽以匧中画稿与之，且教以篆分书法，诫曰："技艺虽微，必矜慎自重，乃可名世。不遇鉴家勿作，非佳木亦勿作也。"

义自受杨先生画稿后，技益精，所刻多檀、楠、黄杨，或

王传斌木雕作品

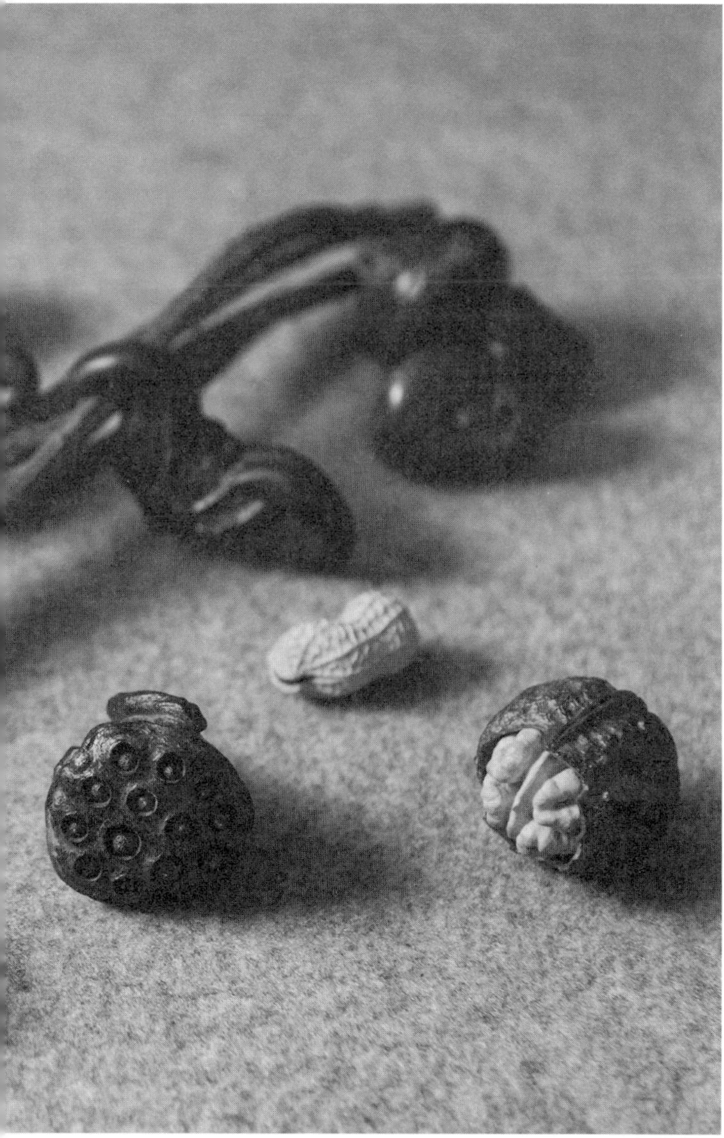

以象齿，然不恒见也。所作诸器皆善，而扇骨为最工。予得一事，一骨作蒲桃须梗，纠蟠如纽铁丝；一骨作扁豆，有甫生荚者，有已枯者，色色如生；又一叶为虫蚀小孔，虫伏其中，蠕蠕欲动，尤为其妙。骨下镌"周义作"三字，小篆体，亦精。

义尝眷一妓，妓顾遇之落落，乃制一床赠之为缠头。床以黄杨为两柱，一刻老梅，一刻怪松，交互床檐，梅蕊松针相错，几无隙地，而井井不乱。坡诗所谓"交柯乱叶动无数，一一皆可寻其源"，若为此咏也。闻镌刻一年始就，又磨治半年，使之莹泽，始送妓家。妓大喜而留之宿。

未几，义死，妓亦嫁人，欲携床去，其姨不可而止。有好事者，购以百金不许。今犹在其家，予亲见之。

义死后，弟子某往往伪刻义款，冀获重值。然义所作，或不镌名款，伪者，却无无款者，以此翻致人疑。予尝辨之，义真迹，虽花叶层叠，枝柯垒捼，而圆润如珠玉，抚之滑不留手。其涩而拒手者，伪作也。义尝云："刻工十之四，磨工十之六。"盖磨尤难于刻。其弟子，盖磨工逊师也。

既然笔者有"亲见之"，好歹这也是关于民间艺人的一则掌故。

周义雕的那些东西，按今天的学科分类，叫做"工艺品"，所谓"雕虫小技，壮夫不为"的，中国传统学问家们不怎么看重，现代派的艺术家们，更不会放在眼里。

周义"作品"是啥长相，我们无法确知，但他比绝大多数

王传斌木雕作品

在时光中湮没了名姓的匠师们幸运,有一段故事般的想象在,或者,可以让我们在相类似的手工艺遗存中,揣摩那些"巧夺天工"的意思。

近几年,国际范儿的"造物"概念重新回到一部分人的视野,而公众也越来越多地表现出对于手工艺之美的兴趣与欣赏。的确,相比于当代高科技的精熟,手工之美中,有一种特别能让人沉醉的亲和力,其中那种亘古往还的物性和情愫,如接地气一般地可以隐隐萌动,于是手工艺的时代,也不独为隔世的回响。

很难解释清楚其中的缘由,但有一点比较明确:人们普遍开始厌倦那些虚无而宏大的精神诉求,而愿意把感知力投放于具体的器物。

还是民国,李葆恂的儿子李放后来又编了一本书,叫《中国艺术家征略》,钩沉出许多学问家们不太关注的金、木、石、土各类匠师,比如紫禁城工程中领头的那个木匠——蒯祥,比如现在说的这个周义,等等。编书时,他把这些匠师尊作"艺术家",同时也发了一些感慨,说"舍器而道妙",是"中国近代之弊"。

这话真是一语中的,至今管用。

"器"与"道",本是事物之两端,不可偏废。而中国近代以来的窘境,却不免自乱阵脚:道理上讨论得过瘾,却总落不到实处。

艺术中深受影响。似乎一谈到"器",就很形而下,就很没面子;只有着力论"道"者,才显得有思想、有档次,让有"艺"而无"术"者横行。

顺便插入小广告:身边有个朋友,王传斌,大学里供职,业余时间里,却把仿生木雕做得好。不为什么大道理,只是尽力用刻刀呈现材质与物象之美。

不由得再次想起齐白石,他也是长沙人,早年也做木雕。当画家后,刻了一方闲章:"大匠之门",鲁班门下的意思。这是一种提醒吧?再咋地,也别忘了自己的木匠出身,更别忘了画匠的本分。结果,他那些并不自认为高大上艺术的、日常劳作的东西,从不需要特别的说明,却依然能够让今天的人感动。

而今天,那些"舍器而论道"的艺术能否感动到将来的人,还真是难说。

2014 年 11 月 15 日

说茶、听茶、看茶、喝茶……

五六年前,一群人去欣赏一个朋友家新装的别墅,女主人忒热情:拆开一罐台湾冻顶,一把一把抓出,分进每人面前的大纸杯,随即灌满开水……一时间,看着那杯被泡得生涩的茶,让人好生无语。

那时很多人的确不知道这茶的喝法,同时也会嘀咕着好茶名茶不过如此。而这几年,都市白领的时尚,却一下子转向赶着各种朋友圈里的茶会、茶场子,同时评说着各种各样的茶文化。

好几次,都听得主事者说着"品茶,一人得神,二人得趣,三人得味,七八人是名施茶",或者说着"独啜曰幽,二客曰胜,三四曰趣,五六曰泛"。

有时我会打趣地说:如今这句话,要反过来理解了。

因为古人对于品茶这事,若独孤求剑,是"以客少为贵"、宜静不宜喧的,最多三两好友密室聚谈,趣味相投而已。那些高境界的什么"神"、"幽"之类,当是闲居独处静心之时,方能有所领悟的。而所谓的"施茶"所谓的"泛",则是数落那些外行的热闹罢了。

但今天人喝茶恰恰不然。奔着喝茶的场子，图的就是朋友间的走动与热闹。

当然也有朋友渐次升级，就是要以古风来事茶，要领略那番幽独的心境。于是问题再次出现：真正谈论茶品的少之又少，绝大多数，只是关心品茶之时的"茶席"景象！

所谓"茶席"，原不过就是饮茶过程中必要的器具布置，因地制宜而已，但在今天，却突然一下子显得极具茶功和素养，学问深着呢。不信，看一看《三联生活周刊》在去年、今年春夏之际接连做过两期的"茶之道"专辑，有多少篇幅是在讲茶的？从眼球经济的角度，其实是在大谈"摆茶之道"。进而，摆茶需要空间，于是大多数的版面，是在讲茶室、茶庭，从中国古代讲到日本，从日本讲到台湾，又从台湾讲回大陆。

茶空间，古人且叫做"茶寮"，晚明人一般都是"构一斗室，相傍山斋，内设茶具，教一童专主茶役，以供长日清谈，寒宵兀坐，幽人首务，不可少废者"。当时高濂《遵生八笺》、文震亨《长物志》、屠隆《考槃余事》里，都有这段大同小异的文字，说明这是公共性认知，而且并不教条，不像今天的茶艺师们，连手法、眼神都要训练成标准的考级动作。再翻看明清画卷中有茶事情节的描绘，也莫不如此简洁了当，而且，不管其中有什么讲究的因素，喝茶的"人"，才是位居第一的"首务"。

人在饮茶过程中，毕竟嗅觉、味觉、视觉、听觉乃至触觉手感都是全面调动的，因此对于今天快节奏生活的人们，第一眼如散文诗一般琳琅满目的茶具陈设，就果然很吊人胃口。于是自居"茶人"者，都会拿出设计的本事，让整个茶空间，乃至空间里衍生出来的所有物件，都充满文化的趣味和想象。

本来，由"品茶"可以观"茶品"，但现实中难免事与愿违。大多数情况下，来喝茶的宾朋们是顾不上那很多的，喝着喝着，那一桌子的琳琅满目，最后就必定会搞成杯盘狼藉、茶话会一般的景象。

若说环境影响甚至决定心情心境，那是不假，但归根结底，氛围也好，情调也罢，总不如窗明几净斯足矣，那种明净的美学"通感"的道理，人人都懂的。

至于茶器、茶具的讲究，唐、宋时就很登峰造极，不过那时制茶法不同，喝法也差得远。但不论是唐代陆羽的茶器二十八式，还是南宋审安老人的茶具十二种，都是由饮用的功能来决定的，没有一件是多余的。

茶的氛围是如此令人沉醉，待茶人们脑洞大开，手段方法就无止无境了。要知道现如今，一团热腾腾的茶水气，都会惹得一些敏感的人神经兮兮。而好事者在"茶之道"的刺激下，将茶席引向极端"设计"，以尝试"茶文化"之魅力。比如曾经看过一段视频，是某著名"茶人"，带着一众弟子们，寻一古庙前、山脊处，开道场一般地张着布幔，著着玄衣，蒙面裹身，

彩荷堂一隅

抵挡着谷壑之中扑面而来的风耶、雨耶、雪耶……我不知道，那一盏茶，在那时是怎样的一种"道"的滋味，但看那场景，一定能让参与者们狠狠地过上了一把拍摄武侠大片的瘾。

我个人认为，文化不应该沦为一种表演，而只是日常生活中"事"与"物"的"雅化"，按板桥先生的诗句："删繁就简三秋树，领异标新二月花"而已。

2014年11月30日

画家的传奇

"六如真如——吴门画派之唐寅特展"时下正在苏州博物馆举办，展出海内外14家博物馆的48件藏品。

开玩笑地说，这个展览若要取名"唐伯虎画展"，一定会观众爆棚。因为说唐寅，中国人知道的其实并不多，说"六如"是他的号，更不会有几个人知道，但若要说起唐寅的另一个字——唐伯虎，那便顿时是一个家喻户晓的人物了。

记得三十年前改革开放后不久，进来了一部香港电影，片名叫《秋香》，拍得蛮文艺的，讲的就是"唐伯虎点秋香"这么一段著名的才子佳人故事。看完电影回家，说给我奶奶听，却不曾料到，她立刻耳熟能详地数说着唐伯虎有了九个老婆，后来又看上了一个——秋香，然后怎么怎么地，就把她纳为了第十个；还有啊，四大才子里还有祝枝山……问奶奶唐伯虎是画什么的，她回答不上来，只说他什么都能画的。

俨然，唐伯虎，成了民间对于风流才子画家的代名词。

真实的唐寅，哪有那么多令人艳羡的好事？相反地，明弘治十二年（1499）的京城会试中，原本已是南京乡试解元，即省级考试第一名的唐寅，却因一桩科场舞弊案的牵连被削除了仕籍，也就是说，被剥夺了"学而优则仕"的门径。那一年，唐寅30岁。乌有之祸以后的日子里，唐寅以诗文书画终其一生，却成就为中国绘画史上的"吴门四家"之一。悲耶？幸耶？中国历史上少了一个胥吏，却在文化领域里多了一个画家。

也许号称"一代才子"的唐寅容易被附会太多的故事，也或许唐寅笔下的仕女场景会引发出种种关于画者生活的猜测，于是"箭垛效应"一般，人们把江南风流韵事一一扣到了唐寅一人身上，却渐渐忘记了他倒霉、坎坷、潦倒、凄凉，乃至于中年离世的事实。

然而从另外的角度看，一定的传奇故事，也确实有助于一个画家的声名远播。

唐代张彦远的《历代名画记》里，记载过一些更为早期的画家趣闻，比如三国时孙吴著名画家曹不兴的"误墨成蝇"。说他在画一扇屏风的时候不小心落了一个小墨点上去，而他却气定神闲地把它改画成了一只苍蝇，待孙权来看时，还以为那是真苍蝇，竟伸手拂袖去挥掸。

这样接下来所发生的，倒不是人们对于艺术本身的欣赏有了多少的长进，而是这些故事的声色，满足了公众对于浪漫文艺情调的想象，并让这些想象成为人们能够附庸于风雅的一个途径。

几乎在中国古代所有关于艺术鉴赏的著作中,作者们始终对公众群体"信耳不信眼"的惯性提出批评。然而不幸的是,对于艺术鉴赏来讲,这一惯性,却成为一道永远也无法克服的障碍,至今如此。

不过,有艺术的地方,就有类似的情况。当代奥地利学者克里斯与库尔茨合著的《艺术家的传奇》一书,作为"一次史学上的尝试",曾深入整理和研究过各种材料中所显示出来的逸事传闻,读来颇令人着迷。对比着看来,欧洲古典时期的画家们,与中国的唐伯虎们也是不相伯仲的。

人们因为艺术的喜好,而引发出对艺术家生存状况的好奇,以至于画家的历史成为了一个画家故事加工甚至制造的历史,其中充满各种添油加醋一般的幻觉、想象,乃至角色扮演。

在现代社会里,全世界人最津津乐道的艺术家的故事,恐怕便是梵·高的了。事实上也是,中国人知道梵·高,一是知道梵·高的故事,二是知道梵·高画作的市场拍卖价,而梵·高的作品,绝大多数人都会说看不懂的。

欧文斯通的《渴望生活》,是一部关于梵·高的严肃传记,写得好极了,相信读过这部书的人,一定会被书中所放射的理想、信念、性情、执着所感动。但这本书实在写得太好,读过之后,许许多多的画画的人,就会梦想着要成为梵·高那样的画家。

若作为一种事业信念与理想的榜样,这也是一种正能量了，但实际上，人们谈论得最多的，却是一句"梵·高生前就只卖出过一幅画"，或者加上一句"梵·高是死了以后才出名的"。于是很可惜，梵·高宗教情感一般的传奇，被稀释成了自负画家们抱怨怀才不遇的样本，由此陷入自欺欺人的美丽梦幻之中。

对梵·高这种种的误读，误了画家，也误了公众。因为在误读者们眼里，画家艺术家，似乎就是社会中非正常的一类人群，进而形成一种"逻辑"：非正常的情境，才会产生真正的"艺术"，于是，"艺术"就日渐远离世情，远离真实的生活。

生前不为人知，死后却成大名的画家，历史上其实并不存在的，何况是到了今天这样的信息时代。读了梵·高的传记就会知道，他生前也并非沓然无闻。

但画家的传奇，却因曲意误读而继续着。

2014年12月15日

建盏的故事汇

建盏,是对北宋时福建建阳窑所产茶盏的通称,与当时茶风茶法相互关联。

建盏以黑色瓷釉为主,小底子、斗笠或漏斗形的样子,但釉面处理很出色,如现在最著名的"曜变",是因窑变而天成的晕眩斑纹,流光溢彩,若星象图一般的璀璨,令人赞叹,也有规律性变化纹理的兔毫、油滴等等,此外又有传说中的鹧鸪斑纹,颇可印证宋人素雅与斑斓共处的美学。

宋人事茶之时,是将先期碾磨好的茶末投入盏中,汤瓶中沸水冲下,茶筅击打,此所谓"点茶";茶汤表面泛起乳色的泡沫挂在盏壁,数人聚饮时,先褪者为败,即所谓"斗茶"。如此一来,茶盏色深者就会占便宜了。所以宋徽宗赵佶的《大观茶论》里就说了:"盏色贵青黑,玉毫条达者为上。"

这黑釉的瓷碗,原本在南、北各窑口均有烧制,而蔡襄等一帮文人们尤其青睐建安窑所造,于是"建盏"成名,旋即又惹得其他各窑再来仿效。

说来有个故事也颇有趣。几年前研究生论文答辩,我的一个学生写了篇关于建窑的论文,其中当然要说到茶盏了,中央美院过来的一个答辩教授一时兴起,问说:你用建窑盏喝过茶吗?学生一愣,紧张地回答说没有,说是好贵重的!这教授于是谈起他有一回去台湾参加学术活动,台北故宫的朋友请他喝茶,用的就是建盏,不过当然是新仿的啦,泡乌龙茶喝的,果真是很香!

当时就晕了,这建盏,是用来喝乌龙的吗?

建盏在欧美各大博物馆都有精品的收藏陈列,考察时见过不少,唯独在国内,过去就没把它当一回事。十多年前武汉的古玩地摊上,这一类黑不溜秋、南北各地所出的宋碗属于常见。但文化既然已被"革"掉多年了,大家对古代器用传统一无所知,更谈不上什么"名物学"知识,剩下的就只有视而不见或见而不识,把它们当作普通人家的饭碗、酒碗之类食具来看待,所以价格也一直很便宜。然而近些年来,随着日本及台湾茶风的逆袭,好事者们蜂拥而上、四面出手,这建窑一系的茶盏,一下子又变得难觅踪影,而"建阳所造",则成土豪手上之物了。

倒是日本当时的学问僧们带回了宋人饮茶的雅事,也带回了宋人精致的茶器,且历代珍惜着,所以今天尚可一睹尊容的那几只"曜变"盏,都在日本的博物馆里。

有朋友前阵子去台湾各处访茶问道,一路很是虔诚,且找到著名的紫藤庐主人周渝的门上。这在道上,该是很有面子

宋建盏数枚（友人收藏）

宋吉州窑茶盏（个人收藏）

的一件事，当即就在微信朋友圈里发了好几组与周渝喝茶讨教的照片。图片上看，周先生一副谦和的形容，似乎正在缓缓梳理着宝岛人所理解的茶道本源，而且茶席上，赫然几只建盏排开，大小不一，釉色不同，器形也不太周正，且都有所残缺，看样子，大概是"窑址货"吧。

铁壶煮泉水，紫砂纳老茶，建盏品茶汤，磨墨书偈语……图片上紫藤庐的这茶人之范，立刻就让我想起那位教授念念不忘的在台北建盏品茶的故事。

其实老茶盏并不神秘，身边的朋友胡飞这些年专收高古瓷器，比如长沙窑什么的，也攒下了好多个建盏，去南方和收藏圈朋友雅集的时候，他就会带上一个过去，喝茶的时候拿出来作自己的专用杯，也算是"斗茶"的另一种意思了，据说，那圈里都是这样自抬逼格的。

自己手上也有几只北宋南宋的茶盏，但都不是建窑的，而是吉州窑、川窑或北方窑口一系。最喜欢其中的一只吉州窑黑盏，是朋友王木匠转赠的：漏斗的形制，曲线很耐看，丰中寓秀，敛口，小圈足，内外壁黑釉到底，釉面亚光，足底露灰白胎土，修治精巧，只可惜口沿上有磕碰，权作残缺之美吧。盏口圆径有十厘米，捧着端着，大小分量都正好合手。

也曾经动过用它来喝茶的念头，也用开水消毒煮过，后来怎么寻思都还是有点那个，最终放弃了，摆在案头看看而已，偶尔给朋友们秀一下。

昨天与一个原学陶艺的史论研究生期末讨论，恰好又聊到了建窑茶盏，看到茶盘里的一只新仿建盏，就说起她现在景德镇的一个同学也在烧这种盏子，一个可以卖到几千。

我在想，那学生这路子还真有得一搞，只是那些教授们艺术家们是不会再去费这些气力的。因为有了"艺术"的限制之后，谁还愿意、还好意思去烧这号日用器皿呢？或者说，有了艺术家的"艺术"之后，生活中反而难寻艺术的气息了。

2014年12月31日

读画观气

初拟这个题目的时候，担心会有点玄虚，但转念一想，艺术作品的好坏，本来就不像商场货架上的物品被明码实价地标着，就等你掂量自己口袋里的银子出手，果真那样，这艺术也就不好玩了。

从前琉璃厂的师傅鉴定一幅画，打开一尺或半幅，就能说出这幅画的真假优劣子丑寅卯来，这般手段，行内叫"望气"，是凭着多少年的经验，而且有口难言。但能由这"气"把一幅画"望"出个结果，也说明这"望气"的手段，是落到实处的一件事情，一点也不虚，只是一般人或今天人陌生了，就觉得这事很玄而已。

其实，用"气"来评价文艺作品是由来已久的，最有名的，就是"文以气为主"这句话了，是三国时曹操的儿子曹丕在《典论·论文》里说的，影响后世极大，是说对文章写作的品评鉴别，要体察到作者气质性情的层面，因为都是大活人一个，性情所迁，所谓"气之清浊有体，不可力强而致"。

现当代理论家们受了西学影响，却漠视了中国人"玄虚"

的思维方式，极力想把它说得很现代很白话很理论。用到实践领域里，则往往断章取义，不读后文的话，得知曹氏父子文学的"建安风骨"印象，就把个"气"字，想成气势、大气、刚健、雄浑……多少就有些意识形态化了。

殊不知魏晋南北朝人审度一件艺术作品，就像品味一个人的气息，所以那个时期，诗有《诗品》，书法有《书品》，画有《画品》，其中满是生气、风骨、神韵、情韵、姿态、遒媚、高逸什么的句子。而读这些点评，就像看《世说新语》里面的人物故事一样，很可爱的。

所以那时起，鉴画也一个道理，"以气为主"了。

比如古代的职业画家们，在行业内必须兢兢业业、做工严谨，但毕竟是一个要养家糊口的营生，于是绝大多数人是不敢越雷池一步的，师徒相袭，陈陈相因，于是那些画作，就日渐程式化，了无"生气"可言，最终，就落得"匠气"二字。其实今天也一样，只要是彻底职业了的，就很容易落这种病。

其中也会有少数职业出身的大师，技术娴熟，天上地下的东西，伸手就来，但那逞才使气的结果，就让那只画画的手变"油"了，所谓"油气"是也，类似的做派，也叫"江湖气"。明代第一号御用画家戴进，就是一个例子。

后来受戴进影响的江夏人吴伟，则被人讥作"日就野狐禅"，未免"野气"，名声也不太好的。

至于文人画家，书香门第、不愁吃喝的缘故，则是另一路

彩荷堂一隅

景象。最初，元代宗师赵孟頫力举文人"士气"，说要克制，要有自律，要有内涵，等等，所以黄公望那样的大师画《富春山居图》那样的水墨写意，就概括出寥寥数笔，惜墨如金、笔无妄下，同时又很轻松、潇洒，后人美誉之"逸气"。

当时有高士范的倪瓒更是这样，那满纸的"清气"，会让人想起他的洁癖。

流风所及，明代画家开始大讲"书卷气"了，唐伯虎、文徵明一辈是典型，由江南清润之地滋养出雅洁、自傲之"气"。

综合来看，好的宫廷绘画讲的是"贵气"，文人画家不服气，就张扬"腹有诗书气自华"，最终也是在讲"贵气"的，只是前者富丽在"形"，后者华美在"神"。

但文人画到后来就有些走弱了，大批文人画家只剽学了早期大师们的腔调，却丢了他们的才艺，"逸气"、"书卷气"什么的沦为格套，或是无病呻吟的"酸气"，或是故纸堆一般的"腐气"，又或者粗制滥造的"莽气"，总之一派萎靡不振的样子。这一路，最遭近代思想家们批判。

于是，晚清画坛吸收周秦汉唐铜器碑版之学后，开始有了"金石气"的共识，以生拙老辣之笔挽救水墨画。海派的吴昌硕，老少皆知的齐白石，都以这股"气"取胜；此外，潘天寿追求"一味霸悍之气"，黄宾虹力主"浑厚华滋之气"，影响也都不小。

正如"文以气为主"，"气"，实际上有性情上的清、浊、刚、柔之别，也有价值上的雅、俗、正、邪之分，辨别的时间久了、经验多了，大约就会成为一个明眼人，不再受旁人的忽悠。

比如看看现实中，落魄画家受打击多了，总有些掩饰不住内在捉襟见肘的底气不足，每每则有"荒气"；而做人不明朗，趣味荒诞，且惯于遮遮掩掩者，就不乏沉沉的"阴气"；有意讨好，生怕失去什么的，往往就"媚气"横生……如此等等吧！至于为了迎合时下的各路"大展"，花数年时间雕琢一幅画作的，就真不知道该用什么"气"来形容了。

回想少时学画，老人们或点评习作，或指引范例，从没像今天人说得那么的理论，只是用嘴边一句"气息不错"来表示肯定的意思；相反的，则摇摇头叹一口气，什么也不说了。

2015年1月15日

读画的虚虚实实

读画历来就不是一件容易事,所以每每遇到有人谈及"怎么欣赏"的话题,就只能尽自己的经验,知不可为而为地解释一番。

说自己"看不懂"的,其实缘于两种语境。一种是对现代派以来的先锋艺术跟不上趟,感觉有些不知所措;另一种,是觉得自己的欣赏经验浅了,谦虚得不敢妄言。前者语境很大,这里且说后者。

一幅画作,确实有很多虚虚实实、见仁见智的地方,但这并不能成其为读画者云山雾罩、漫无边际拉扯的理由,其中的道理,必须深读才可以解开,而且这种事,在大画家们那里也未必免俗。

比如说阎立本,这是唐太宗时期最有名的画家,承担过当时很多重大的艺术项目,其官爵从侍郎、尚书,一直做到了宰相,自古流传的国宝级名画《步辇图》、《历代帝王图》以及浮雕《昭陵六骏》什么的都与他有关。但就这样一个大艺术家,看画也有看不准的时候。

唐代中期，著名史学家刘知几的儿子刘餗在他的《隋唐嘉话》里面，记载了一个阎立本的事迹：

> 阎立本家代善画，至荆州视张僧繇旧迹，曰："定虚得名耳。"明日又往，曰："犹是近代佳手。"明日更往，曰："名下无虚士。"坐卧观之，留宿其下，十日不能去。

张僧繇，活动于南朝梁武帝时期，是阎立本之前最有声誉的一个画家，"画龙点睛"的故事，讲的就是他。或许作为皇家首席艺术家的阎立本，对前代同行多少是有些不服气的，所以在荆州公干时，听说有张僧繇的壁画遗迹，就去看了一下，只是看得并不用心，甩下一句"虚得名耳"，就拂袖而去了。但前代遗留的名迹，总会散发出某种无声的魅力，果然，阎立本改天寻思着又去看了一眼，且很不情愿地承认是"近代佳手"。但既然承认是一个"佳手"，就一定会有他过人之处，若印证一二，就会看出奥妙来，于是，阎氏第三次去看的时候，终于心服口服地在壁画面前一连看了十天方休。

在那个时代，艺术价值取向并不多元，画题彼此相近，但表现手法的差异却大了去，感觉上摸不透的，就不免有点"虚"，但在画艺上的彼此较劲，又落到了"实"处。

正因为意识到完全凭自我感觉是不靠谱的，所以人们开始总结创作与欣赏的规律，比张僧繇略早一些的谢赫就提出过"六法"，其中有比较"虚"的"气韵生动"一说，也有"实"活的"骨法用笔"、"经营位置"等等。于是乎，画家之间的高低优劣，大致上就有一定的"公信度"，虽然排名榜有起伏，但毕竟经得起后来人的"检验"。阎立本当时不服的，恐怕就是：凭什么人们就对张僧繇那么佩服！

需要补充的一件事情，是创立"六法"的谢赫，当时也没把他之前的顾恺之太当一回事，在自己的书里，把他排在了一个二流画家的位置上，惹得后来一个叫姚最的批评家专门又写了一本书，把顾恺之奉为顶尖大师，然后这就流传至今了。

有了这些教训，重视文教的宋人就有了"饱览前代遗迹"的普遍认识，所以当时那些画家，基本上都是踩着前人的肩膀再来谈超越的，留下的作品，也更为精彩。

现在的情况，说白了就是艺术的标准有些乱了，或者说，适应新艺术的新标准还没有达成"共识"，于是，既然那些"实"的东西难以归位，各种"虚"的论调，就趁机张扬了，似乎艺术作品无好坏之分，全凭嘴大胆大说了算。其结果，绘画艺术就成了一件"虚"活，画家们累，老百姓们也不买账。

当然可以解释说，现在的艺术与古代大不相同了，是国际化语境了。但我个人觉得，只要还是绘画，就自然会有绘画之中的道理在，不管是形式还是内涵，高低优劣的一杆秤，还是会有的，不然这游戏玩不下去的。

有一个误区在于：近代以来，人们总不信那个邪，面对历史过往，总以为大破可以大立，但文化是需要嬗递的，旧的被破了灭了，新的未必就可以树立得起来，其价值的判断，尤其

彩荷堂一隅

令人盲目。而且这一类观念，本质上与绘画、与艺术无关，大抵属于社会学。

尊重历史上的"名不虚传"，大概也是对历史本身的一种尊重。对于绘画作品，练就分辨虚实的眼力，就是一门功课。

回到刚才那故事想一想，南北朝文化交融时期，中国人画画也是"摸着石头过河"的，所以才会有这个"法"那个"法"的出现，而好的东西，最终沉淀了下来。说到底，还是那句"阳光之下无新事"的老话：今天人遇到的问题，实际上前人大多遇到过了。

2015 年 1 月 31 日

"四般闲事"别解

"烧香,点茶,挂画,插花,四般闲事,不宜累家",这是南宋吴自牧《梦粱录》里对江南士人日常风雅的一段描述。时下里,这已常常被茶界、香界或雅空间设计人士们引为美谈。彼时的风尚,仍在此刻散发余韵。

这里且不说"四般闲事"具体何为,但需要强调的是,正如李清照《鹧鸪天》中"酒阑更喜团茶苦,梦断偏宜瑞脑香"那样,当时这些不同品类的生活艺术,不是孤立地一一罗列,而是联袂紧密地达成一道圆融完整的生活景象。

文化意识和品味,不太可能被刻意地打造,而是在自觉状态中渐次地陶养和生成,最终升华为审美的境界。然而陶养的历程,在艺术化的整体环境中浸润和体会尤为有效,或者说,它本身就是现实事物中所有因素的一种综合。或许,这也就是宋代理学家们"格物致知"之学的具体落实。比如在当时,苏轼、黄庭坚们有茶诗相互酬唱,朱熹有《茶灶》、《香界》诗传世,就连雅擅书画的徽宗皇帝赵佶,也留下了一篇著名的《大观茶论》,而士大夫阶层关于书、画艺术的众多评议,就更不

彩荷堂一隅

待言了。总体上看,中国的学问家们无一不是"杂家",就好比沈括那部包罗万象的《梦溪笔谈》。

在宋人"格物"的理路中,因为"道不远人","物"就无高下之分别,因此就可以由微小而致广大。其中生活方式是最为切近的体验,也最"方便"于个体的领悟,于是"四般闲事"就不至于玩物丧志,而是"闲居养志"了。只不过到了明代晚期,这些"闲事"似乎有些过头,按照陈继儒《太平清话》里的推荐:焚香、试茶、洗砚、鼓琴、校书、候月、听雨、浇花、高卧、经行、负暄、钓鱼、对画、漱泉、礼佛、尝酒、晏坐、翻经、看山、卧帖、刻竹、喂鹤……简直让人眼花缭乱。但不管怎么说，所有这般"闲事"，最终都汇集于艺术的经典创作，它成就了文明的内容，也养成了文化的性格。

正因为如此，几乎中国所有的艺术形式，都在相互启发、相互融通之中，形成多样互动的局面，一门具体的艺术，会自觉地吸取其他艺术的经验，以获得什么什么"之助"。从唐代开始意识到的"诗中画，画中诗"、"书、画同源"、"书、画同法"，到宋代的"诗画一律"，到明清书法强调的"书从印入"、"印由书出"，一直到晚清时期"金石入画"的水墨画变革，艺术与审美，始终处于不间断的发展和深化。

多样化经验的贯通，培养出丰富而细致的审美感知力。按老子的说法，"声一无听，物一无文"，人生的智慧，恰恰也是在由一及万、由万归一的运动中纯化，在浑沌、复合、通会、圆融的状态中结成实体。换言之，人们也正是在"闲事"一般的生活艺术中练就了细腻的功夫，诗词曲赋、琴棋书画的"博大精深"才成其为可能。

中国传统教育成就了这种可能性。先秦时期，贵胄子弟被教习以"六艺"的体系——"礼、乐、射、御、书、数"；科举时代，士人们博古通今，对于各领域经验的整合，可以信手拈来，也可以通过具体化的生活场景，将学问一一落到实处。

然而近百年来，中式传统横遭扫荡，我们在接受西方学科分化、细化，产生出越来越多"专业"的同时，却无视了西方教育中生活素质与人文通识的基础培养，因此，在失去了人的自足与自由生活底蕴的同时，也产生出不断遭人诟病的"砖家"。

我始终认为，文化的确可以作为专业或学问来探讨，但更重要的，是作为日常生活和精神状态来实践。

"四般闲事"之类的"意象"，在今天之所以能够继续拨动人们的心弦，是因为它并非来自空虚的理念，而是来自生命、生活过程中希求趣味和完美的心愿。回到艺术领域而论，由于与艺术相关的各门学问的割裂，造成当下艺术经验的狭窄，以及创作想象力的单薄，艺术实践的浅尝辄止，也就不足为奇了。

所谓"四般"，其实只是概称。人文素养的深浅，有赖于知识系统的整体发酵，而那些"闲事"，套用书画创作中的一句话，是可谓"闲章不闲"的。

2015年3月15日

苔藓的审美想象

两周前,一个做艺术机构的朋友拿来大大小小的一堆古陶器皿残片,问我能"开发"出一些什么用途,且说家里还存了很多很多。当时,恰好我与杭州一个玩古桩盆景的画家朋友微信往还,便趁着满心的绿意,说你平时就有种植的爱好,用它来培植一些苔藓,倒是挺有味道的;此外,那些陶片也不必刻意改造,选合用的,保留残缺的原状最佳。一番建议,换来对方一脸的疑惑。

两周后,这朋友竟送来了古陶片里培植的一件苔藓"处女作"赠答,配上一根新叶初发的菜豆树枝,摆放在我美院画室的窗台上,正好应了窗外昙华林初春的景。

朋友坦言,当时听我建议时并无特别的共鸣,但回去依言拾掇一番后,眼见着四处挖来的苔藓在古陶片中一一成型而可观,那种过程中的快乐,实在妙不可言。说话间,浓浓的兴致里,现出一发而不可止的感觉。

的确,传统的树桩盆景,早就由小众玩赏进入了大众层面,并且进入了大型拍卖;而随着日常生活、办公环境的讲究，更多简便易行的案头微型绿植盆景层出不穷，也变得随处可见。

苔藓类植物，本身也不过就如地衣一般的随处可见，历来做树桩盆景的，都会用到它来护土保湿，或辅助塑型，实用且美观。

然而在充满所谓"禅意"的眼光中，苔藓，还可以被独立地欣赏。据说，日本京都著名的古刹——西芳寺，门票奇贵不说，还实行限制参观人数的预约制，并且要在抄写了《心经》之后方能入场。之所以如此苛刻，就在于寺院中的一绝——120余种地绒一般厚厚的苔藓，满铺了整个庭院，看上去颇为壮观。

可以想象，那庭中的苔藓，已经超越了自然滋长的地衣的概念，通过人为的控制和造景，绿意在地面上无限蔓延，与参天的古木、清澈的水潭以及光线的投射相互交错，显出变幻的肌理与色泽，将人引向安详宁静与超然尘外之思。

其实，苔藓的质地美感及其想象，大约自唐代起就备受关注了，西芳寺的始建，大约也就那个时期，其中大有渊源。但那个时代，受了传统君子"比德"理路的影响，诗人文学家们，大多是人为地把苔藓作为有德性的象征物来看待，尤其是园林中，苔藓在观赏石上附着生长，很容易被联想到坚贞不渝、相伴久远的共存关系，同时，它也增加了观赏石本身的沧桑感。

比如杜甫《石笋行》一诗，讲的就是前人在成都西门外不

窗前，利用古陶片培植的苔藓小品

知何时所立的笋状巨石,其中有"古来相传是海眼,苔藓蚀尽波涛痕"一句,怀古之意甚浓,或也是由于地方掌故的寻觅而引发出了诗兴。

又比如唐人刘长卿《题曲阿三昧王佛殿前孤石》诗中"一片孤云长不去,莓苔古色空苍然",也是由佛寺里供石表面所生苔色的幽暗,而联想到时光空落的惆怅。

相比而言,倒是李德裕《题寄商山石》一诗中,如"绮皓岩中石,曾经伴隐沦。紫芝呈几曲,红藓閟千春"的句子,在道家的仙隐趣味之外,又多了许多世俗审美的味道。

古代文人审物,历来保持了现实与想象微妙关联的情趣,审美的获得,一方面来自感官的愉悦,更为重要的,也是通过知识的咀嚼而在脑海中延伸扩展。这一点,正如白居易《太湖石记》一文中所说的:"千里一瞬,坐而得之。"

如此说来,今天都市人在高楼栉比的某一个角落里,面对案头来自自然的一个个微缩的绿植小景,也何尝不是"坐而得之"呢?哪怕今天人的眼中,已经没有古人那么"心有千千结"的遐思,而是单纯得只剩下眼中的一份绿意,但无论如何,惬意之间,也斯是足矣了。

今天人做事情,功利心的缘故,都习惯于奔忙着冲向一个利益的目标,对于其中的过程,倒并无多大个嚼头与回味。至于俗世经济倒也罢了,但自我生活中的情趣若也是这般心态,就不免令人乏味了。

苔藓小品

    微型景观植物的悄然兴起,或许正是应合了当下人在手作过程的想象和满足,不独苔藓之类,甚至蕨类或以往弃之如敝屣的菜根菜花、果核果粒什么的,也都被人一一用来发掘出了生机。

    总之,一些看似无用的东西,换了个方式去对待,却能换得人的满心欢喜。

2015年3月31日

雅与洁有关

经常见到身边的艺术家朋友把从民间收罗来的制作粗糙的木器陶器金属器等等的一切"老东西"都奉为至宝，或堂而皇之地供奉，或自鸣得意地显摆。在这方面，我承认自己有偏见：那些不洁且荒率的气息，让人倒胃口不说，也很难把它们和文明文化文雅什么的联系起来。

对此我比较赞同马未都讲过的一个观点：若要收藏和欣赏，首先就要把自己的眼睛养得"娇贵"一些！这大概也是出自古人"取法乎上"的意思吧。就比如过去有些鉴赏家帮别人看了一轮低劣的作品之后，回家第一件事，就是赶紧把家里的好东西翻出来再看一眼，称之谓"洗眼"。

我们总是在讲艺术创作与现实生活的关系，或者从审美通感的角度，讲人们对于不同形态事物之间的感官感受的互渗，因为它最终会促成艺术家个人潜在的美感趣味的方向。

中国的传统文化教养中普遍讲求斯文，讲求雅洁，讲求工致，然而一切雅化和工致的东西，又总是与"洁净"的形象有关，就比如古代文人艺术家们，虽不追求丰裕富丽的表面光鲜，但至少也要在自己的环境空间里保持着窗明几净、罗列有致的景象，乃至对于艺术的沉潜和玩味，也如学问家咬文嚼字一般地不吝"推敲"之功夫。

比如宋代大书画家米芾，不仅好洁，而且有洁癖，对于粗鄙之物，避之唯恐不及，许多有趣的故事，都被当时人写到了各自的书里，乃至记入官方文献。

比如《宋史》里记载，他"好洁成癖，至不与人同巾器"，也就是说，自己用的东西，是不让人碰的。还有人记载说他因为一双朝靴被人动过，心里不爽，于是反复洗刷，结果被自己洗坏了。更离谱的是，当米芾得知南京有个叫段拂、字去尘的人，就琢磨他这名字里又是"拂"，又是"去尘"的，和自己堪有一比——"真吾婿也"，就把女儿嫁给这人了。

但这种骨灰级求"洁"的精神，也促进了艺术方面的用心和改革。比如对自己的知音朋友，米芾就画只有三尺长的小横幅，让人横着挂；而在自己的书房里，则挂着三尺长的小立轴。一方面，不被椅背遮挡；其次，天热的时候，不至于被人肩膀上的汗水玷污。绕来绕去，还是为了一个"洁"字。

这其实可以说明：生活中的品质习性，在艺术创作中会养成对作品的品相的考究。

类似米芾这样的活宝历史上还有不少，最著名的就是元代四大画家之一、人称"高士"、画风简洁清朗的倪瓒。其洁癖比米芾更为出格，限于篇幅，这里暂且不去说了。

回到前面所说的那种视粗陋为"宝",作为个人的爱好且无所谓,将之视为"民俗"也没有问题,但硬要把它们作为"欣赏"的对象,或进而演绎说事,则不免令人悲哀了。

或许有人会质疑本文的狭隘,或者也会搬出日本柳宗悦的事迹,说这是对于"民艺"的尊重。但殊不知,所谓"民艺",是来自"民俗"中的精粹,而不等同于民俗中的一切,其间的差距,实在是大了去的。

行文至此,想起20世纪八九十年代曾流行于各大美院的一个顺口溜,是讲美院师生们下乡写生情景的,说:远看像逃荒的;近看像要饭的;再细看是美院的!说第一句,是因为一群人脏兮兮逶迤而过,狼狈而邋遢;第二句是因为那时每人都会斜挎一个帆布包,包外还挂着一个搪瓷缸;第三句是因为细细打量时才会发现,每个人的胸前,都别着一个令外人羡慕的小小的校徽。

说笑归说笑,但总有一种说不上来的感觉。

记得那时因为写一篇关于关山月的画评,翻到过一幅民国时期他在野外的工作照,对比之下,那是一副笔挺整洁的样子:大衣斜披,一手拿烟,一手执笔,面前支着画架,正在对景写生。当时看了多少是有些反感的:许是装腔作势罢了!但检索更多老画家资料照片后发现,他们大约都是如此,这总不至于约好了似的端着架子作秀吧。

浏览现今的绘画作品,样式和面貌百花齐放了,但其中隐

彩荷堂一隅

隐约约的,又似乎总是缺了某些让人值得尊重的东西。

其间原因可以分析出很多,但我个人认为:就艺术实践与实际生活的关联来说,无视了对象物品的精、粗之别后,今人对于"艺术"的眼光,已经掉到了底线之下。

2015 年 4 月 15 日

隔路闻香

某晚，H兄在例行的"云游"旅途中突然打来电话，兴冲冲地说：朋友那里见到一个长沙窑文字瓷片，书法好，内容更好，你肯定动心。东西人家未见得愿意出手，但可以谈，若谈下来了，你一定要谢我！不一会儿，微信里发来一张图片，果然好内容——"隔路闻香"。

去年夏天的专栏里，曾就手头新购的两片长沙窑文字瓷片——"君子盛饮"、"青如竹叶"写过一篇文字，对于唐人酒事，算是一个小小的遥望。而就这类语意精彩的老窑瓷片的本身，已属于可供雅玩之列。收藏玩物之道，在道理上讲是可遇不可求的，于是即刻打定主意：见好就"收"，待这"隔路闻香"到手，又是一个话题。

按H兄的建议："君子盛饮"，当然是与酒有关了；"青如竹叶"，目前也不妨可以想象为茶，因为在他行前，朋友数人恰好一起品尝过今春的明前茶——"竹叶青"；至于这片"隔路闻香"，却可以和时下渐次复兴、大摆逼格的香道如"闻香居"之类的扯上一点关系。于是乎，三个文字瓷片聚于一堂，香、酒、茶齐备，若说玩老窑之物，这也算是小小一绝。

唐五代时期的长沙窑，属于单色釉类型，釉下彩绘图形，是其一大贡献，同时，在釉下以书法题写诗文、格言、谚语、民谣，以此装饰和丰富釉面美感，也是一大特色。书上举例所说，多半择取语意经典一路，但博物馆里和民间常见的，则有如"仁义礼智信"、"明月家家有，黄金何处无"、"郑家小口，天下第一"等等，一般都偏于大众民俗口味，大白话，直笼统。

总体看来，长沙窑器物上的书法字迹，一般都行笔流畅，干净利落，而且颇有现代钢笔字的风貌，不见得都是地道的书法用笔，这大抵也和生产效率有关。比较而言，倒是自己手上这"君子盛饮"、"青如竹叶"，意思婉转委曲，笔迹中或带隶意、或见草法，与文人诗兴相合。

诗文的装点之外，因为民俗，也因为实用，很多长沙窑日用器，往往会在其内壁径直写上与器用相应的文字，把功能属类说得很清楚，倒是给后人省去了很多纠结。比如是茶碗的，就会写有"茶盏子"，是酒碗的，会写有"×家美酒"，而碗心里笼统写着"美酒"二字的残器瓷片，民间的存世量实在是多了去。

如此说来，这"隔路闻香"之难得，也真不是卖关子了。

但这"隔路闻香"，其实也仍与酒有关。香者，酒之香也，非香料之香，所谓"隔路"相闻者，不过是酒香远播，足以令人循香而寻酒罢了，很有那么一点"酒好不怕巷子深"的味道。

"隔路闻香"，唐代长沙窑瓷片

的确，若能相隔几条街坊而闻得酒香，也就不必"借问酒家何处"，更不劳"牧童遥指"了，况且这"隔路"之意，大抵也是"隔"在都市坊间，而不在乡野村舍，唐人"诗酒生涯"，于此又见一斑。

瓷片尚在长沙朋友手上，价格已谈妥，当时正值今春的湖南省第三届文物（国际）博览会，各地商家云集，正好周末赶去凑个热闹。

虽然已是交易会的尾声了，但场面仍有余温，据说前些日子，长沙各大古玩城周边的宾馆酒店里都是一房难求的，连中亚地区卖手串珠子的都大老远赶了过来，生意旺得很。想想那句"地下文物看河南，地上文物看山西，流通文物看长沙"的俗话，果然不虚。

还是说说"隔路闻香"。长沙货主X，三十上下的湖南伢，个头小小，文学青年状。他起初就是玩长沙窑瓷片的，然后由十几箱瓷片起家，在古玩城经营了这几年，而今对于本地窑口，他已是贼精贼精的了。

瓷片是从柜子里面拿出来的，说最近是交易会，识货人多，不便放台面，例如本地藏家某某见了，绝对会下手的，等等。这话我信：在我的经验中，你所看上的，一定也会有旁人看上，以为自己天眼洞开，心存"捡漏"，那连门都没有。去年我那两个瓷片，也是他家的，此后也有加价回收一说。于是，面对湖南伢的诚信诚恳，我连讨要个东西作回扣都不好意思开口了。

话说回来，瓷片虽微，但奔波赶长沙去充冤大头，也的确是一种"隔路闻香"的缘分。借此为题，趣谈一二罢了。

2015年4月30日

陈曼生,一个知县,凭什么做出紫砂壶来

关于"曼生壶",对熟悉紫砂的人,已不必多说了;关于紫砂器鉴赏,这里也暂且不论;我只是想说:陈曼生(鸿寿),作为一个知县大人,怎么就在紫砂壶这个小天地里做出这么大的名气!

陈曼生是杭州人,才情很高,据说在文艺人扎堆的地方,也是非常出众的,提倡凡艺不必十分"到家",但一定要涉猎广泛。可能在溧阳县令任上,大约是嘉庆二十一年(1816)左右去到宜兴,因此他在紫砂壶里玩一把,就不是一般的玩票,相反十分到家。

其一,科举文人在书法上必须是过关的,这至少是艺术鉴赏的本钱。就像傅申先生说过的:中国的书法临帖就是素描。把一个字临得很像,而且每一个笔画都模仿得很像,表示你轮廓抓得很准确。所以中国有文人画家,而所谓文人,就是毛笔字写得多的人,习惯毛笔了,各种笔法都会了,画梅兰竹就很容易了,所以,临帖就是素描。

陈曼生既是官员,更是文人,在当时,他的书、画均已成

曼生壶全形拓

名，受清代金石学的影响，对古拙敦厚的形态很有体会，这对揣摩紫砂壶的神韵是非常管用的。

其二，陈曼生在篆刻领域里，声名更为显著，是公认的

彩荷堂一隅

"西泠八家"之一。而篆刻这门艺术，造型的要求似乎比书法更强：不仅要通晓古文字，更要根据印章有限的局面，做出必要的"变形"，或繁或简，或方或圆，或增或删，搭配组合，以求完善布局，最后以刀代笔。因此对于陈曼生而言，处理字形和章法的微妙变化，与构思和推敲紫砂壶的空间形态，在"设计"的角度上，是异曲同工的。

其三，紫砂壶，最终仍是实用器具，但明清两代，江南文人对日常生活的渗透，早已体现在几乎所有的方面，大凡能显示文艺范的东西，他们都会身体力行。而烹茶品茗之时，讲究器具之美，更是风雅之常态。因此，基于精深的审美体验，陈曼生借游宦生涯之便，在紫砂壶里脑洞大开，也当属自然了。

最后必须说明："曼生壶"的诞生，也是文人艺术家与技术匠师合作的结果，因为真正落实到抟泥制壶的，是一代名手杨彭年，他为陈曼生的奇思妙想，给予了技术上成形的保障。所以，"曼生壶"上，除了陈曼生钤在壶底的"阿曼陀室"印款，壶扳下也常常有"彭年"小章。

陈曼生名下的紫砂壶，盛传有"石铫"、"合欢"、"乳鼎"、"井栏"、"汉方"等等的形制，顾名思义，也是融合了古器物的理解和金石学的修养，这一点，远非民间职业制壶匠师所能想象。台湾人20世纪80年代钟情紫砂壶，有人到处搜罗实物和资料，总结出"曼生十八式"，或又有"曼生三十六式"，这些是否都合乎实际且不必深究，但至少表明，紫砂壶式已经被文人彻底雅化且迅速衍生了。

文人制壶,有壶必有铭,铭文,就是那些刻于壶身的妙语雅辞,而这也是日用器雅化之后的一个特征。比如"曼生壶"中,有一种弯月形拱起之壶,名为"却月",铭文为"月满则亏,置之座右,以为我规",显然,作为文人案头之物,它正如座右铭一般。又曾见上海博物馆所藏陈氏《秋菊茗壶》水墨小品,题跋是"茶已熟,菊正开,赏秋人,来不来",也与壶铭同调。

于是可以说,"曼生壶",它不仅仅是一种器物形式方面的创造,同样也包含了文化内涵角度的推求。作为一个文人艺术家,陈曼生在审美趣味上融会贯通,在创作经验上出入自由,通过紫砂壶小试身手,说到底,这也是一种将艺术融入生活之举,借时下戏说之词,就是所谓的一种"讲究"吧。

今天中国人的日常生活,的确也开始讲究了,讲究腔调,讲究档次,乃至讲究"文化",但在紫砂壶这一块天地,却总是热闹得让人觉得有点乱,乱在粗制滥造,乱在俗不可耐。制壶的人,缺了那些器物文化的底蕴,赏壶的人,也少了那份感知器物的初心。

曼生壶成为紫砂"雅器"的标准,历来就有仿造,但有原创的格调在,仿到家了,对使用者来讲,仍是一把好壶,就好比顾景舟先生仿的那些曼生壶。而这种"仿"的方式,怎么也比时下紫砂大师们的瞎折腾强。

2015年6月30日

门道万千的"高仿"

近些年,各地都出现有不少被人吐槽的私家"博物馆",满场望去,是真真假假的各类古代艺术品,而假的,一定是那些长得跟书上差不多的"国宝"——高仿品,以及谁都没见过的"万一"是国宝的臆造品——低仿品,而后者看上去,的确更让人倒胃口。至于那些"好事者",人们戏称为"国宝帮"。

"高仿",在古玩里,是指把某些器物对象复制模仿得几乎乱真,或者,根据对象的材质、工艺、样式,仿造出惟妙惟肖的类似品。实际上,以当代的科技和辅助条件,对那些博物馆级古代器物的仿制,只要舍得下本钱,一般都能做到表面上的八九不离十。而且,博物馆里也经常采用高仿复制品代替原作展出,比如,在某件馆藏珍品被调离的某一段时间里,展位展品依旧,只是展标上注明着"复制品"而已。

大致上说,对古代优秀的、经典的艺术品和器物的高仿,无非出于两种目的:

其一,古物不可再生,而国人又"好古"成风,出于市场需求,就会刺激仿品的出现。历史上,书画有"苏州片",铜器有"河南仿"，石器有"曲阳造"，陶瓷器，则各地窑口均有仿制。而且瓷器中，此窑仿彼窑、后代仿前代，更是一种常见的状况。在当时，那些仿造品大部分属于民间日常生活所需，就像现代人购买传统工艺品来装点家居一般，但这其中，显然也有恶意造假。

比如明代有个叫张泰阶的，写了一本《宝绘录》，二十卷，里面记载了一大批从六朝到元、明时期的赫赫名家画作，而实际上，则是张氏大规模仿造之赝品。这件事，到了清代初期彻底被人看破，吴修写诗说："不为传名定爱钱，笑他张姓谎过天。可知泥古成何用，已被人欺二百年。"如今这本书，倒恰好是一个反面教材。

其二，出于对古代艺术的极端喜爱，原样复制出更多的数量以供赏玩，比如现存人间的王羲之书法墨迹，大多为唐玄宗命皇家机构高仿复制。同样性质的，也有乾隆爷对宋代高端瓷器不惜工本的仿造。

在现代，出于对古代工艺制造的研究，尤其目前对"非遗"的倡导，恢复性质的技术试验一直都在进行，科研机构居多，民间机构也有。试验成功之后，往往就会普及应用，量化生产。在这个层面上，对古代工艺的高仿，跟古董商们蓄意以假充真、牟取暴利还是有所区别的。

那么问题又来了：仿品的价格，实际上显示出特定仿品制造的意图。现代量化生产的仿品，其实也就是工艺品，而既然是工艺品水平,就应当相应于工艺品的价位;但有些东西的仿制,本意就是为了瞒天过海,它们很容易被有心人拿来说事,也很容易被好事者"当真",最终闹得啼笑皆非。

前些年,听说有个国宝级的书画鉴定大家,执意要把自己收购的一把古代青铜剑捐赠国家博物馆,旁人善意劝阻,不从,无奈,终被人点穿:原来,在古玩市场上,这口青铜剑何止一二十把哟,高仿品而已。

从这个角度上看,不管是出于何种目的之高仿,最终,还是要以掏钱买货的人自己判断说了算,纵然其中有什么不爽,也怨不得人家卖货的。

看如今,有多少高价拍卖的古董是属于那些瞒天过海的高仿?或者,是一些连高仿都算不上的普通工艺品?明眼人旁观,就只好说那一句——"你懂的!"

落实到生活层面里,又比如说有朋友喜欢用宋盏饮茶,在玩古的圈子里,也算是一种扮酷的腔调,但这种腔调扩大化了,引得某些窑口从官方鼓励到民间仿制,倒反而有损古代瓷器的形象。因为对古物的观照,是基于其中特定的历史气息,或者也是一种追忆性质的满足,而在根本发生了改变的当代生活方式下,新仿品的复古模样,其实是有些荒诞的。

再补充一点:民国时期,面对国内国际的巨大市场,各类高仿又是一个高潮,传统字画自不待言,新的品种里,大到石佛,小到文玩,应对着不同的目的和需求。其中有许多,是为了增添文化生活情调的实用物件，比如顾景舟先生精心仿造的曼生壶；但也有许多，早已被无耻商贩作为古物，倒腾给了海外博物馆。

2015 年 7 月 31 日

古雅是种什么感觉

20世纪80年代美学热的那阵子,读过王国维《古雅在美学上之位置》一文,虽然云里雾里,但开始体会艺术中的"古雅之致"一说,也大概有了"雅俗之区别"的意识。后来又读了他那篇著名的《宋代之金石学》,对宋人的好古成风,对古器物塑造感知力的作用,开始有所了解。

"古雅",在学问家那里是一层境界,在日常生活中,也俨然是一种有文化有讲究的情怀,但这两个字的意思,在文字里面总是讲不清楚的,与其在理论上玄谈,不如在具体感觉上去熏陶和知晓。

90年代初,在西安美院研读艺术史论,有进出相关博物馆库房的方便,于是读书补课之余,就隔三岔五的跑去厮混,验证一下书上看来的条条框框,久而久之,对古意也有了别样的体会,然后开始逛地摊。

生活在武汉,原本见不到什么很古的东西,对"高古"更没什么感觉,本地虽有楚文化,但都是深埋地底的,不像陕西地区,田边地头处,也时常可以撞见先秦的遗迹。尤其西安东门外的八仙庵古玩市场，两千年以上的陶器触目可见，掂在手里头，会莫名其妙地激动，脑子里也会油然闪出诗文里"古陶插花"的美妙意象。

二十元左右，第一次买下汉代的灰陶谷仓，供在画案的边角上，再插上几根枯枝，感觉好古的情怀终于落地。

回头想想，那会儿也就只是"好古"而已，附庸风雅的成分远远多于直觉的感受。而且，受了封资修思想批判的影响，对精致、华美一路的东西，下意识里会有一种抵触和排斥的情绪，觉得那很没落，很做作，很小家气，不如民间的东西，粗犷、质朴、率真。

然而说老实话，古陶这路东西，有一件两件，还能发一发思古之幽情，一旦多了，就感觉很怪了。多年后的某一天，无意间一瞥，满博古架上的灰陶器不再生发古朴的意象，实际上，它们原本就是灰突突、雾蒙蒙的，粗糙，枯涩，阴郁，甚至让人有点瘆得慌。

突然开始领悟：唐宋之间的鎏金铜佛是灿烂的，白石造像是华美的，南方青瓷是温润的，院体绘画是精微的，而这些，或许才是王国维所说的"古雅之致"。

古雅，并不是一味的古老、陈旧，甚或败气，它仍然要令人愉悦，要给人一种清新的感受，说到底，是器物制造历史中去粗取精、文而化之的结果。

但现实中，不求甚解的好古总是大有人在。有一次，某个

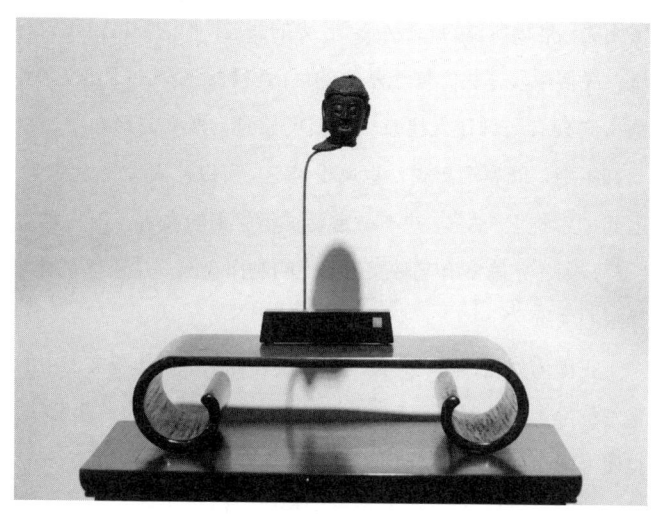

彩荷堂一隅

爱逛地摊的朋友来工作室闲谈，谈国学，谈艺术，谈方法论，谈传统之美，说话间，看着桌上一只用502粘合起来的画工粗糙的民国粉彩小笔筒，拿到手上端详了一会儿，说：这是个老东西，画得真不错。临到要告辞了，随口又问起旁边另一只素面的木笔筒是什么讲究？我一时无语，只好淡淡地回答他：那件东西，就是您刚才聊过的黄花梨，也是个老的！

的确，一般人想象传统，脑子里就只是"老东西"三个字，但这老东西，未必就一定是好东西。

残破陈旧的，大概就是有年份的，人所周知，但与审美欣赏无关，老话所说的"不入眼"：老的酱缸，旧的窗格，残的石墩，民俗中多了去，属于基本的生活资料。而既古且雅之物，则一定会有一种让人愿意去触摸的感觉，斯文的形态中，精气神不绝，既属于历史，也属于当下，可以让人愉快地享受。因此，古雅之"古"，并不一定要求年份上的高古，但古雅之"雅"，则一定隐藏有某种深思熟虑的制作意识，并且坚守耐人寻味的气质。

正因为如此，"雅"，是一个普遍存在于中国传统文艺中的鉴赏标准，它使得不同形式的创造性能够向巅峰的目标发挥，也使得好的创造物不被时间所淘汰。

"古雅"的感觉，没有明确的标签可以显示。在大众层面上，最容易撞入眼球的，大凡都是一些直白和花哨的表面纹饰，是那种一眼就可以看个究竟的简单；而内涵之趣溢于言表的古雅，需要"感"，也需要"知"。那种过犹不及的极致之美，是对欣赏趣味和眼光的一种考验。

好古，永远都会是一种生活中的噱头，但要不被人笑话，是需要做功课的。

2015 年 8 月 31 日

彩荷堂一隅